Katrin Pichler

Stillschweigen

Thriller

Impressum

Bibliografische Information der Deutschen Nationalbibliothek:
Die Deutsche Nationalbibliothek verzeichnet diese Publikation in der Deutschen Nationalbibliografie; detaillierte bibliografische Daten sind im Internet über http://dnb.dnb.de abrufbar.

Lektorat: Margit Obergasser
Korrektorat: Margit Obergasser
weitere Mitwirkende: Margit Obergasser

Herstellung und Verlag: BoD – Books on Demand, Norderstedt

ISBN: 978-3-7568-3735-9

Katrin Pichler, geboren 1997 in Italien, ist gelernte Verkäuferin. Nach drei Jahren Berufserfahrung im Verkauf entschied sie sich, in eine neue Welt einzutauchen und eine Lehre zur Maschinenbauschlosserin zu starten, die sie auch im Jahr 2022 erfolgreich abgeschlossen hat. Seit sie 18 Jahre alt ist, engagiert sie sich freiwillig beim Weißen Kreuz und steht den Bürgerinnen und Bürgern dabei jederzeit zur Hilfe.

EINS

DIENSTAGMORGEN

Die kalte Luft durchströmt meine warme Lunge. Dabei schließe ich meine Augen und lasse meinen Kopf nach hinten in meinen Nacken fallen. Alles, was ich jemals wollte, war, dass alles wieder so wird wie damals.

Ich höre einen Vogel zwitschern. Er redet mit jemandem und bleibt dabei hörbar immer auf demselben Ast sitzen. Ein zweiter antwortet ihm und beide kommunizieren vermutlich miteinander. Was sie wohl zu bereden haben? Gespräche über das Wetter oder lästern sie etwa über mich?

Gänsehaut läuft mir über meinen Rücken. Eine Haarsträhne, die im Wind dahinflattert, kitzelt mich im Nacken. Ich versuche, die Bank mit meinen Handflächen buchstäblich zu erdrücken, um das Holz unter meiner Haut zu spüren.

Es ist schon alt und rau, das kann ich fühlen. Daran könnte ich mir leicht einen Schiefer einfangen und mich verletzen.

Ich öffne meine Augen und starre kopfüber auf den Baum, der sich hinter mir befindet. In der Mitte hat er ein Loch. Vermutlich wohnen darin Eichhörnchen oder es lebt dort gar ein Specht. Der Baum ist alt. Er muss mindestens schon 100 Jahre alt sein. Das erkenne ich an seiner dunklen, aber rustikalen Rinde, die sich an einigen Stellen am Stamm löst. Darin ist ein Herz eingeritzt worden. Die Anfangsbuchstaben eines Paares sollen diesen Baum schmücken.

Eine Autohupe, die hörbar aus der Stadt kommt, rüttelt mich aus meiner Trance. Ich schrecke auf und blicke den Hügel nach unten. Alles dreht sich, weil ich mich vermutlich zu schnell nach vorne gebückt habe.

Ist ein Unfall passiert oder ist einfach nur ein Fußgänger über eine rote Ampel gegangen? Ich weiß es nicht und ich kann von hier aus nichts erkennen.

Die Sonne scheint mir ins Gesicht und wärmt meine Arme, die nicht bekleidet sind. Die Härchen auf meinem Arm stellen sich auf. Mein Top flattert im Wind, der immer stärker wird. Die Vögel hinter mir haben aufgehört zu singen.

Ich sollte nach Hause gehen und mir etwas Wärmeres anziehen. Der Herbst ist einfach nicht die richtige Jahreszeit, um nur mit einem Top bekleidet aus dem Haus zu gehen, auch wenn das Wetter anfangs nach Sommer ausgesehen hat.

Mein rechter Fuß ist mittlerweile eingeschlafen und kribbelt bis hoch an meine Leiste. Ich versuche ihn wachzurütteln und klopfe mit meiner rechten Hand darauf, um die Durchblutung anzuregen. Ob es etwas bringt, bezweifle ich, aber ich versuche es trotzdem.

Ich blicke in den bunten Wald, aus dem ich gekommen bin und atme tief ein. Erinnerungen an früher habe ich nicht mehr und vielleicht will ich mich auch gar nicht daran erinnern. Das, was geschehen ist, und das, was ich dabei gefühlt haben muss, sollte ich vergessen und nach vorne blicken.

»Komm, mein Schatz, lass uns nach Hause gehen!«, schreie ich nach hinten.

Benjamin ist mein neun Jahre alter Sohn und anders. Er sieht die Dinge so, wie sie sind, und hat schon in frühen Jahren mitbekommen, dass das Leben nicht einfach ist.

»Was hast du da in der Hand, mein Schatz?«, frage ich ihn verwundert.

Es sieht so aus, als hätte er sich aus zwei Hölzern ein kleines Kreuz gebastelt und es mit Grashalmen fixiert.

»Mami, das habe ich für dich gebastelt. Es soll dich vor Bösem schützen.«

Ich nehme das Kreuz an mich und kauere mich zu ihm nach unten. Was will er mir damit sagen? Was weiß er, was ich nicht weiß? Kinder haben einfach eine blühende Fantasie. Meines besonders.

»Vielen Dank, mein Schatz«, sage ich zu ihm und streiche dabei sein schwarzes, etwas längeres Haar nach hinten.

Ich sehe mir das Kreuz genauer an und kann kleine Zeichen darin erkennen. Es ist ein Gemisch aus Zahlen und Buchstaben. Was diese Zeichen wohl bedeuten? Wie konnte er sie so präzise ins Holz schnitzen? An allen vier Enden des Kreuzes hat er weitere, kleinere Kreuze eingeritzt und diese umrandet.

Eine Wolke zieht über die Sonne und es wird dunkel. Ich blicke über seine Schultern hinweg und fixiere den Wald, der tief und düster aussieht. Die ersten zwei Baumreihen kann ich erkennen und dahinter ist es nur schwarz. Kiefern und Tannen, die sich aneinanderreihen, bilden die dunkle Waldgrenze.

»Mami, ich will gehen. Die Frau kommt«, sagt er mit einer leicht panischen Stimme.

»Welche Frau, mein Schatz? Da ist niemand.« Unsicher nehme ich Bens Hand und zerre ihn von der Wiese runter.

Der Weg ist mit Kieselsteinen übersät. Viele bunte, kleine und große, die uns den Weg nach Hause zeigen. Unser Heim, in das wir kurz vor meinem Unfall gezogen sind, befindet sich inmitten des Waldes. Abgelegen von der Zivilisation und abgelegen von alten Erinnerungen.

Samuel, mein Mann, hat sich dieses Haus gekauft, bevor ich im Herbst vergangenen Jahres einen Unfall hatte. Er soll schlimm und fürchterlich gewesen sein. Ich kann mich daran nicht mehr erinnern und das ist vielleicht auch besser so.

Der Arzt hat gesagt, dass es womöglich für immer so sein wird, dass ich mich niemals an alles erinnern werde, was passiert ist. Es ist alles wie ausradiert in meinem Kopf. Leer – so als würde etwas fehlen und ich weiß nicht was.

»Aua, Ben, du tust mir weh.«

Ein Druck in meiner rechten Handfläche macht sich bemerkbar. Ich blicke ihn an und er ignoriert mich. Er starrt auf den Kieselweg vor uns und beachtet mich gar nicht. Ruckartig drehe ich mich in die Richtung, in die er sieht.

Da ist niemand. Der Kieselweg, auf dem wir stehen, ist leer.

»Was hast du da gesehen, mein Schatz?«

Ich wende meinen Blick von der Straße ab und beobachte ihn. Er starrt immer noch nach vorne, ohne eine

Andeutung, dass er dies ändern wird. Er fängt an zu zittern und Schweißperlen machen sich auf seiner Stirn bemerkbar. Ich knie mich hin und streichle seine Wange. Sie ist kalt und ganz nass.

»Schatz, fühlst du dich krank? Du hast doch Fieber.«

Geschockt nehme ich mein kleines Kind auf den Arm und gehe den Weg entlang nach Hause.

»Ben, wie fühlst du dich?« Abermals versuche ich den Kontakt zu meinem Jungen herzustellen. Vergeblich.

Meine Schritte werden immer schwerer und der Himmel hat sich mittlerweile ganz grau gefärbt. Meine Arme fühlen sich an, als wären sie von einem Lastwagen überrollt worden, und die eiskalte Luft brennt meine Lunge hinunter.

Die Hütte, die sich am Wegesrand befindet, kommt mir bekannt vor. Ich denke, ich habe sie schon einmal gesehen. Sie ist wie der Baum. Alt. Die Bretter sind durch den Regen und den Schnee ziemlich morsch und heruntergekommen. Dass diese Bretter noch das Dach mit den alten Ziegelsteinen halten, wundert mich. Vielleicht ist dennoch nicht alles, was unmöglich erscheint, unmöglich.

Auf der anderen Seite erstreckt sich eine alte Buche inmitten der Tannen hervor. Ihre weiße Rinde sticht durch das ganze Braun und die Blätter sind so schön bunt inmitten des Grüns.

Ich kann unser Haus schon von der Ferne erkennen. Es ragt durch die Baumkronen hindurch und ist noch ziemlich weit entfernt. Jedenfalls fühlt sich der Weg dorthin für mich heute wie eine Ewigkeit an.

»Mami, die Frau kommt immer näher« Ben hört sich sehr besorgt an.

Ich drehe mich nach hinten um und starre auf die zurückgelegte Strecke.

»Mami, siehst du sie denn nicht? Sie wird uns beide holen kommen, wenn du nicht schneller bist als sie.«

»Wo ist die Frau, mein Schatz? Siehst du sie?«, frage ich ihn besorgt.

Er gibt mir keine Antwort mehr. Es scheint, als würde es ihm zunehmend schlechter gehen.

. . .

Ich suche meinen Schlüssel in meiner Hosentasche und kann ihn auf Anhieb nicht finden. Nervös suche ich nochmals die linke Hosentasche ab und fühle die kleine, gezackte Metallplatte darin.

Zitternd und voller Angst um meinen Sohn öffne ich die schwere, knarrende Tür nach innen und betrete das viel zu große Haus.

Ohne die Schuhe auszuziehen steige ich auf die erste Stufe der knarrenden Treppe und bewege mich rasch nach oben in den ersten Stock. Ben hat auf dem restlichen Fußmarsch nichts mehr gesagt und das bereitet mir nur noch mehr Sorgen.

Ich lege ihn in sein frisch bezogenes Bett und streiche ihm eine Haarsträhne aus dem Gesicht. Sein Kopf glüht förmlich und seine Hände sind eiskalt. Er zittert am gesamten Körper und er hat die Augen fest verschlossen.

»Ben?«, frage ich niedergeschlagen.

Schlagartig schließt sich das Fenster von seinem Zimmer, das ich vorhin geöffnet habe. Ich zucke zusammen, als ich den lauten Knall höre und Ben reagiert darauf.

»Mami, es ist alles in Ordnung. Wir sind jetzt in Sicherheit.«

In Sicherheit vor was oder wem? Was meint er damit? Was sieht er, was ich nicht sehe?

Er sieht mich mit seinen blauen, markanten Augen an und es scheint, als würde es ihm wieder besser gehen.

Ruckartig schnellt sein Oberkörper in die Höhe und er fokussiert dabei einen Punkt neben mir. Seine Augen füllen sich mit Angst und sein Lächeln verstummt. Angstperlen machen sich auf seiner Stirn bemerkbar und seine Hand zerdrückt meine.

Er wendet den Blick von dem, was er gerade gesehen hat, ab und starrt buchstäblich durch meine Augen. Seine Augen füllen sich mit Tränen und ich sehe ihn nur an. Ich wende meinen Blick von ihm ab und blicke vorsichtig über meine Schulter und starre auf die Wand, auf die er sich vorhin fixiert hat. Wovor hat er Angst? Was hat er gesehen?

»Mami?«

Ich drehe mich zu Ben und sehe eine Träne über sein Gesicht kullern.

»Warum hast du das getan?«, fragt er mich mit zittriger Stimme.

»Warum habe ich was getan, mein Schatz?«, frage ich nach.

Er wendet den Blick abermals von mir ab und sieht runter auf meine Hand. Er dreht sie so, dass er meinen gesamten Handrücken begutachten kann. Es scheint, als würde er darauf etwas suchen. Nur was?

Der Handrücken ist gekennzeichnet von Narben, die damals vom Unfall zurückgeblieben sind. Eine davon erstreckt sich über die gesamte Fläche. Er nimmt seine freie Hand und streicht mit seinem Finger über das vernarbte Gewebe. Dabei wendet er den Blick nicht ab.

»Alles in Ordnung, Ben?«, frage ich ihn ängstlich.

Ruckartig hebt er den Kopf und auf meine Lippen starrend sagt er: »Ja, was soll denn sein, Mami?«

Erstaunt beobachte ich ihn dabei, wie er meine Hand immer noch streichelt. Seltsam, wie schnell er seine Laune wechseln kann. Im ersten Moment bereitet er mir Todesängste und im anderen scheint es so, als wäre nie etwas passiert.

. . .

Ich nehme Geräusche wahr, die hörbar vom Dachboden kommen. Ein eiskalter Schauer zieht sich so über meinen Rücken hinab, als würde jemand einen Eiswürfel in mein Top fallen lassen. Merkwürdig, denn Ben und ich sind allein zu Hause. Samuel ist bei der Arbeit und kann unmöglich schon zurück sein. Ansonsten hätte ich das Quietschen der Tür sicher wahrgenommen.

Ben sieht mich mit großen Augen an. Die Angst sieht man darin. Er hält meine Hand nun noch fester und ein leichtes Stechen macht sich darin bemerkbar. Er krallt seine Fingernägel in meine Handfläche und zittert leicht.

»Das sind bestimmt nur die Waschbären, mein Schatz«, versuche ich ihn zu beruhigen.

Seitdem Samuel das Haus gekauft hat, haben wir Probleme mit Waschbären, als wären sie mit uns eingezogen. Die Vorbesitzer dieses Grundstückes hatten vorher nie Probleme damit. Jedenfalls hat Samuel mir das versichert.

Ben scheint müde zu sein, denn aus seinen großen Augen wurden jetzt kleine Schlitze. Er ist heute sehr früh munter gewesen. Zudem ist er mit Samuel schon in den Stall gegangen, um die zwei Kühe und fünf Ochsen zu füttern, die sich mein Mann letztes Jahr gekauft hat.

Es hat schon seine Vorteile, inmitten des Nichts zu leben. Niemand stört dich, keine Menschenseele weit und breit. Man kann tun und lassen, was man will, und niemanden interessiert es.

Ab und zu ist es hier aber auch etwas gespenstisch. Nachts, wenn es dunkel wird, kann ich alles wahrnehmen, was draußen passiert. Äste, die gegen das Fenster klopfen, Eulen, die durch die Nacht singen und Züge, die durch die Stadt brettern. Auch wenn die nächste Stadt 15 Kilometer von hier entfernt ist, höre ich die harten Räder des Zuges über die Gleise donnern.

»Schlaf ein bisschen, Ben«, sage ich mit ruhiger Stimme, während ich ihn zudecke.

Er dreht sich von mir weg und nimmt sein Lieblingskuscheltier – einen Fisch – in den Arm, als würde ihn jemand stehlen wollen.

Ben hat gerade keine Schule, denn ihm geht es gerade nicht gut. Er wird dort gehänselt, weil er die Dinge anders wahrnimmt als andere. Ab und zu macht er Geräusche, die den Kindern Angst machen und man hat uns empfohlen, ihn zu einem Therapeuten zu bringen.

Für mich ist Ben ein normales Kind. Mein Kind, das eine blühende Fantasie hat, und mein Kind, das besonders ist. Kaum passt jemand nicht in das Schema dieser Menschheit, ist man *komisch, verrückt* oder *ein Fall für die Klapse.*

Vorsichtig schleiche ich mich nach draußen und schließe die Tür hinter mir. Sie ist – wie alles in diesem Haus – alt und voller Risse. Die Böden sind aus Holz und jede einzelne Diele kracht. Mich wundert es immer noch, dass das Haus noch steht. Es fällt unter Naturschutz, wieso oder weshalb weiß ich auch nicht.

Ich spüre, wie eine kleine Brise durch das Haus zieht. Habe ich etwa in meiner Eile vergessen, die Eingangstür zu schließen?

Vorsichtig steige ich Stufe für Stufe die knarrende Treppe nach unten und begutachte dabei die Umgebung, die ich *unser Zuhause* nennen darf. Die Bilder an den Seiten des Treppenhauses haben wir immer noch nicht entfernt. Seltsam, denn ich finde sie nicht mal schön.

Auf einem der größten Bilder ist das Grundstück abgebildet. Es ist schwarz-weiß und ich könnte mir auch gut vorstellen, dass es eines der ersten Fotos war, das aufgenommen worden ist.

Die Eingangstür steht sperrangelweit offen, obwohl ich immer gewissenhaft darauf achte, dass alles geschlossen ist – außer Ben spielt wieder draußen.

Voller Verwunderung schließe ich die Tür und gehe in die Küche. Sie ist verhältnismäßig recht neu, auch der Boden musste erst vor Kurzem gelegt worden sein. Das Holz glänzt und der Unterschied zu den restlichen Böden ist groß.

Ich gehe zur Kaffeemaschine. Sie ist neu. Samuel hat sie mir letztes Jahr nach meinem Unfall gekauft, als wollte er sich damit für etwas entschuldigen.

Ich hole meine Lieblingstasse aus der obersten Schublade und drücke den Knopf der Kaffeemaschine. An das Zerkleinern der Kaffeebohnen, das automatisch vom Automaten erledigt wird, konnte ich mich jedoch bis heute nicht gewöhnen.

Ich nehme meine Tasse vom silbernen Auffangbehälter runter und begebe mich ins Wohnzimmer. Es ist der größte Raum in diesem unendlichen Gebäude. Alles in diesem Haus scheint unendlich zu sein. Das Treppenhaus, der Flur und das Grundstück. Mich wundert es immer noch, dass ich mich darin noch nie verloren habe.

Ich setze mich auf die Couch und umfasse meine Tasse mit beiden Händen. Langsam erwärmen sie sich dank des heißen Kaffees, der sich in ihr befindet. Es ist kalt geworden und es sieht auch so aus, als würde es jede Sekunde anfangen zu regnen.

Ich starre aus dem Fenster und erwische mich dabei, wie ich in alten Erinnerungen umherirre. Ich weiß nicht mehr viel. Ich kann mich an kaum noch etwas erinnern, das vor meinem Unfall passiert ist. Samuel hat zu mir gesagt, dass mir ungefähr zwei Jahre fehlen würden, aber für mich fühlt es sich so an, als hätte ich mein halbes Leben verloren.

Seitdem arbeite ich nur mehr Teilzeit in einer neuen Arbeitsstelle, weil ich von meinem vorherigen Arbeitgeber entlassen wurde. Ich war Reporterin und mein damaliger Chef meinte, dass ich so nicht mehr arbeiten könne.

Viele denken, dass ich einen Dachschaden habe, das habe ich schon bemerkt. Jedes Mal, wenn ich in die Stadt fahre, sehen die Leute mich an, als hätten sie eine Leiche gesehen. Niemand traut sich mich anzusprechen. Vermutlich haben sie Angst vor mir.

Die ersten Regentropfen prasseln gegen das Fenster. Erst schwach, dann wird der Regen immer stärker. Wie es wohl Samuel geht? Er ist der Ranger hier im Naturschutzgebiet. Vermutlich treibt er gerade die Kühe zusammen oder ein Pferd ist wieder davongaloppiert.

Ich kann den Regen förmlich riechen und die Feuchtigkeit direkt auf meiner Haut spüren. Es wird kälter in unserem Haus und kälter im Wohnzimmer. Ich nehme mir die Decke, die auf der Couch zusammengefaltet liegt, und lege sie mir über die Schulter. Sie ist blau, mit weißen Punkten übersät und ganz weich.

Ich kuschle mich darin ein und beobachte die Regentropfen dabei, wie sie sich den Weg über das Fenster bahnen, wie drei Regentropfen zu zwei werden und wie zwei Regentropfen zu einem werden.

Der Himmel wird hell und sogleich folgt auch ein lauter Knall, der mich zusammenzucken lässt. Ich kauere mich in die Couch und ummantle meine Knöchel mit meinen Armen.

Vermutlich wird der Strom bald wieder ausfallen, wenn der Blitz in einen der Masten einschlägt. Dann herrscht in diesem kleinen Dörfchen Finsternis, die im Schatten der hellen Stadt liegt.

»Mami?«

Ruckartig drehe ich mich nach hinten zur Tür, in der mein Sohn steht. Er hält seine Decke und seinen Fisch fest in der Hand und sieht zum Fenster rüber, durch das ich vorhin geschaut habe.

Abermals ein lauter Knall, der dieses Mal nicht durch den Donner verursacht wurde. Erschrocken starre ich zum Fenster. Doch da war nichts.

I

Was hast du mir nur angetan? Ich wollte doch nur glücklich sein. Warum konntest du das nicht sehen? Ich hatte noch so viel vor und das hast du mir zerstört.

Es fiel mir so unendlich schwer, dich gehen zu lassen. Weißt du? Ich wollte nicht gehen. Warum hast du das getan? Ich wollte bei dir sein.

Das Wetter spiegelt das wider, was ich fühle. Der Donner steht für den Zorn, den du in mir ausgelöst hast, und der Regen steht für die Trauer, weil du mich allein gelassen hast. Allein in diesem dunklen Loch und allein mit der ganzen Situation.

Warum war ich dir nicht gut genug? Warum wolltest du mich nicht? Wolltest du mich nie? Ich bin enttäuscht von dir. Sowas hätte ich mir von dir nie erwartet. Du warst der letzte Mensch, dem ich so etwas zugetraut hätte. Weißt du das?

Ich hoffe, du bist glücklich da, wo du jetzt stehst.

Allein und ohne mich, so wie du es wolltest.

ZWEI

DIENSTAGVORMITTAG

Das Wetter hat sich wieder beruhigt. Mittlerweile hat es aufgehört zu regnen und der Wind hat aufgehört zu wüten. Das Wetter hier auf dem Berg ist meist launenhaft, deshalb wundert es mich nicht, wie schnell es umgeschlagen hat.

Ich erhebe mich von der Couch und gehe zum Fenster, das ich auch öffne. Das Fensterbrett ist feucht vom Regen, da die Fenster nicht mehr so gut dichten, wie sie es wahrscheinlich einst getan haben.

Das Tuch, das ich unter dem Fenster platziert habe, ist nass und eignet sich nicht mehr zum Auftrocknen. Auf dem Weg in die Wäschekammer fällt mir ein, dass ich noch die Wäsche aufhängen muss. Ich habe gestern Abend die Waschmaschine eingeschaltet und habe sie wohl vergessen.

Seit der Unfall passiert ist, vergesse ich sehr viel. Mein Gedächtnis kommt nicht mehr hinterher und ich bin mit so ziemlich allem überfordert. Wenn etwas nicht so läuft, wie es geplant war, mache ich mich verrückt.

Verständlich, dass mein damaliger Chef mich entlassen hat. Wer will denn eine Angestellte, die sich nicht mal merken kann, wo die Arbeitsstelle ist.

Beim Herausziehen der Wäsche fliegt mir ein Zettel entgegen. Darauf sind nur mehr schwach Ziffern zu erkennen, die ich vermutlich einmal aufgeschrieben habe, um sie nicht zu vergessen. Eine Drei bildet den Anfang der Zahlenfolge und am Ende steht eine Sieben. Der Rest ist nicht mehr zu identifizieren.

. . .

Nachdem ich die Wäsche aufgehängt habe, gehe ich in die Küche, um das Essen vorzubereiten. Meine Tante kommt heute Mittag vorbei, um auf Ben aufzupassen. Ich muss heute Nachmittag arbeiten und kann ihn nicht mitnehmen.

Sie ist ganz einfach gestrickt. Alle nennen sie Tante Emma. Mit ihren 55 Jahren ist sie noch so fit wie ein Turnschuh. Sie hat ein besseres Gedächtnis als ich. Sie ist liebevoll. Liebevoll zu mir, seit ich den Unfall hatte, und sorgt sich ungemein um das Wohlergehen meines Sohnes. Es ist fast so, als wäre er ihr eigenes Kind. Sie ist nicht verheiratet und hat auch keine Kinder. Den Grund weiß ich nicht, denn unter den ganzen Menschen, die ich kenne, ist sie *die Eine* mit dem größten Herzen. Die Einzige, die neben Samuel wirklich da war, als ich vom Koma aufgewacht bin.

»Was willst du heute essen, mein Schatz?«, schreie ich aus der Küche.

Ben hat sich vorhin nochmals auf die Couch gelegt und etwas geschlafen. Er müsste mittlerweile wieder wach sein, hoffe ich zumindest. Es ist schon fast elf Uhr und um eins muss ich los.

Da ich keinen Laut aus dem Wohnzimmer höre, wage ich einen hastigen Blick auf die Couch. Sie ist leer.

»Ben, mein Schatz, wo bist du?«, schreie ich durch das ganze Haus und das Treppenhaus entlang nach oben.

Auch von dort kommt keine Antwort. Er wird wahrscheinlich wieder Verstecken spielen, wie er es meistens macht. Verstecken mit sich selbst. Oder er spielt draußen im Hof mit Steinen, die er wie Murmeln über den Hof jagt. Er sammelt immer viele Steine und ab und zu sind wirklich schöne dabei, die ich vorher noch nie hier gesehen habe.

Ich wage einen kurzen Blick nach draußen auf den Hof, der wie das restliche Haus wie verlassen aussieht. Von den Bäumen tropfen noch ab und zu Wassertropfen auf den kieselbedeckten Vorhof und die Vögel auf den Ästen putzen ihr Gefieder.

»Heute mache ich Reis mit Gemüse«, flüstere ich mir zu. »Im Garten müsste ich noch genug Karotten und Zucchini dafür haben.«

Ich ziehe mir meine Gartenschuhe an, an denen noch Schlamm vom vorherigen Mal klebt, und stampfe sie vor der Haustür ab. Der Schlamm ist mittlerweile getrocknet und bröselt so leicht von den Stiefletten ab.

Die Luft riecht frisch und es hat drastisch abgekühlt. Selbst mit dem Pullover, den ich mir vorhin angezogen habe, läuft es mir eiskalt den Rücken nach unten. Ich zucke kurz zusammen, halte kurz inne und mache den ersten Schritt nach draußen.

Die Kieselsteine auf dem Vorhof sind feucht vom Regen und auffallend dunkel. Die Blumen, die sich unter den Bäumen ausbreiten, sind geschlossen und die Stimmung ist gedrückt. Ein leichter Nebelhauch durchzieht die Baumkronen. Der Rabe, der darauf sitzt, starrt zu mir runter.

Ein kurzer Schrei ertönt durch meinen Mund. Ich halte meine Hand davor. Schreckhaft und zitternd blicke ich zum Vogel, der auf den Kieselsteinen liegt. Die Federn wurden ihm einzeln herausgerissen und kreisförmig um ihn platziert. Holzstücke, in die etwas eingeritzt wurde, zieren den Kreis.

Ich wage einen Schritt nach vorne und auf den Höllenkreis zu. Eine Kombination aus Zahlen, Formen und Buchstaben zieren das schwarze, feuchte Holz. Aus meiner Jackentasche ziehe ich das Kreuz, das mir Ben vorhin gegeben hat. Die Zeichen darauf sind in den Holzstücken nicht wiederzufinden. Es sind andere.

»Ben?«, schreie ich durch den Vorhof. »Wo bist du? Komm raus, mein Schatz!«, fordere ich ihn auf.

Stille.

Die Kirchturmglocke durchbricht diese und ich blicke auf meine Armbanduhr. Schon 11:00 Uhr. Kopfschüttelnd gehe ich in Richtung Garten, der sich etwa zwei Gehminuten vom Haus befindet. Ich weiß nicht, wo sich Ben aufhält, aber er wird schon irgendwann auftauchen.

Der Boden ist übersät mit Regenwürmern und Schnecken. Ich weiche ab und zu einen Schritt aus, aber es gelingt mir nicht, über alle Hindernisse drüberzusteigen. Ein Schauer vor Ekel zieht sich über meine Wirbelsäule nach unten und ich verziehe mein Gesicht.

»Eklig«, schnaube ich.

Von Weitem kann ich schon unser Gartenhäuschen erkennen, in dem wir all die Geräte für den Garten lagern. Die Tür steht sperrangelweit offen und ein leichter Windhauch lässt sie knarren.

»Ben?« Abermals versuche ich es und hoffe auf Antwort.

Er versteckt sich immer sehr gerne und ab und zu erschreckt er mich damit sogar. Wo treibt er sich immer wieder herum? Was, wenn ihm was zustößt? Dann bin ich für die Leute nicht nur die Gestörte, die eine an der Klatsche hat, sondern auch eine schlechte Mutter.

Einmal ist Ben für vier Stunden verschwunden gewesen. Wo er war, wissen wir bis heute noch nicht und die Polizei hat sich geweigert, ihn zu suchen. Den Grund weiß ich auch nicht.

Vorsichtig stecke ich meinen Kopf durch die bereits offen stehende Tür und erhasche einen kurzen Blick ins rechte Eck. Nichts. Auch auf der linken Seite ist weit und breit nichts zu erkennen, nur Schaufel, Spaten und sonstiges Zeug, das wir nie gebraucht haben.

»Mami? Was machst du da?«

Ruckartig drehe ich mich vor Schreck um. Ben steht plötzlich hinter mir und seine Hände sind voller Schlamm.

»Wo bist du gewesen du, mein Schatz?«, frage ich ihn besorgt.

»Ich habe mit Maja gespielt«, antwortet er ganz unschuldig und starrt auf seine Hände.

»Wie siehst du denn aus?«

Nicht nur seine Hände sind schlammbedeckt, sondern auch seine lange, dunkle Trainerhose und sein weißes T-Shirt, das ich ihm vorhin frisch angezogen habe. Auch im Gesicht hat er zwei, drei kleine Flecke.

Er sieht mich mit großen Augen an, als würde es ihm richtig leidtun. Ich kann ihm bei diesem Anblick nicht lange böse sein. Immerhin ist er mein kleiner Engel.

»Hilfst du mir mit dem Gemüse?«, frage ich ihn.

Er nickt.

Ich nehme seine Hände und halte sie unter den Wasserhahn, der am Häuschen angeschlossen ist. Seine Fingernägel sind auch schwarz. Er hat wohl ein Loch damit gegraben und etwas eingebuddelt.

Auch der Garten ist mit Regenwürmern und Nacktschnecken übersät. Ben sammelt die Regenwürmer immer ein und opfert sie den Hennen. Es dauert nicht lange, bis er den kleinen Eimer, der schon seit Ewigkeiten neben dem klapprigen Gartentor steht, halb voll hat. Und da verschwindet er auch schon wieder mit dem Eimerchen.

»Geh nicht zu weit weg, es gibt bald etwas zu essen!«, schreie ich ihm noch hinterher, ohne zu wissen, ob er es gehört hat.

Ich ziehe noch die Karotten aus der Erde und dann mache ich mich auch wieder auf den Weg zum Haus.

Der Rabe und die Federn sind verschwunden, als wären sie nie da gewesen. Der Kreis, der in den Kieselweg gezeichnet wurde, ist auch nicht mehr da, wo er vorhin war.

Tante Emma sieht heute irgendwie anders aus als sonst. Sie hat ihr dunkelrotes Jäckchen, das sie sich im-

mer wieder um den Hals gebunden hat gegen ein ocker-
gelbes ausgetauscht. Auch das Kleid, das sie sonst immer trägt, ist durch ein neues ersetzt worden und die
Haare, die sie meist offen trägt, sind zu einem Zopf zu-
sammengebunden.

»Hallo, meine Lieben!«, schreit sie schon von Weitem, als sie mich durch das Fenster entdeckt hat.

Die Haustür steht offen. Meistens versperre ich die
Tür nicht, wenn ich zu Hause bin. Ben ist viel draußen
und so kann er kommen und gehen, wann und wie oft
er will.

Stampfende Schritte sind vor der Tür zu hören. Sie
wird sich wahrscheinlich den Dreck von den Schuhen
klopfen, so wie sie es auch macht, wenn es nicht geregnet hat.

»Darf ich reinkommen?«, höre ich eine Stimme ums
Eck vorsichtig, fast schon schüchtern sagen.

»Natürlich, komm rein, Emma. Es ist alles wie beim
Alten.«

Sie traut sich herein. Ängstlich, als wäre sie das erste
Mal hier. Sie blickt mir über die Schulter und schnappt
sich ein Stück der Karotte, die ich gerade klein schneide.

»Was gibt es denn heute Gutes zu essen?«, fragt sie
neugierig.

»Gemüsereis. Willst du mit uns essen?«, frage ich sie,
da ich ihren Magen bis hierher hören kann.

»Sehr gerne«, quietscht sie vor Begeisterung.

Aus der obersten Schublade über dem uralten Gas-
herd hole ich noch einen Teller heraus und stelle ihn auf
die anderen. Sie setzt sich in der Zwischenzeit an den
Tisch und beobachtet mich gespannt. Musternd von

oben bis unten fixiert sie mich, als wäre etwas an mir nicht in Ordnung.

»Ist alles okay, Emma?«

»Jaja, alles gut«, antwortet sie rasch.

Ich ziehe eine Augenbraue nach oben. Etwas stimmt doch nicht mit ihr, das merke ich ihr doch an. Gedanken über Gedanken schwirren in meinem Kopf umher, der anfängt zu schmerzen. Migräne zieht sich über mein linkes Auge bis hin zur Nasenspitze. Alles dreht sich und ich halte mich an der Küchenplatte fest. Mir wird schlagartig übel, als würde ich einen Schock bekommen.

»Ich muss mich setzen«, bringe ich gerade noch so mit zusammengekniffenen Augen heraus.

Emma springt auf und ich höre nur mehr das laute Geräusch, das der Stuhl verursacht, wenn er über den Fliesenboden gezogen wird.

»Trink erst mal ein Glas Wasser«, dringt ihre Stimme durch das schrille Piepsen in meinem Ohr.

Ich strecke meine Hand nach dem Glas aus und nehme einen großen Schluck zu mir. Das kalte Wasser bahnt sich den Weg in meinen Magen, der sich krampfhaft zusammenzieht.

»Wann musst du eigentlich zur Psychologin?«, versucht sie mich abzulenken.

Es ist das erste Mal, dass ich zu einer Psychologin gehen muss, seit das passiert ist. Die Anfälle werden immer schlimmer und häufen sich von Woche zu Woche. Dass ich einen Dachschaden habe, weiß ich, aber dass ich diesen jetzt noch erklären muss, finde ich für übertrieben. Ich tue es, damit Sam endlich Ruhe gibt. Er meint ständig, dass es mir nur guttue, wenn ich mit jemandem vom Fach reden würde.

»Morgen früh um 10 Uhr«, versuche ich ihr zu erklären.

»Das finde ich gut, Caroline. Vielleicht erinnerst du dich so an Sachen wieder, die vor deinem Unfall wichtig waren.«

Ich nicke. Recht haben beide. Es ist doch kein Verbrechen, wenn man sich nicht mehr an Sachen erinnern kann, oder? Ich schnaufe die mittlerweile erwärmte Luft nach draußen und hebe meinen Kopf. Emma sieht mich an und ich kann in ihren Augen einen Funken Trauer wahrnehmen. Ich bin für jeden eine Last. Das habe ich mittlerweile gemerkt, also muss ich es ändern.

Plötzlich nehme ich ein leichtes Zischen und einen leicht verbrannten Geruch in der Nase wahr.

»Verdammt, der Reis«, fauche ich, während ich zum Herd renne. »Wie ungeschickt kann man eigentlich sein?«, frage ich Emma.

In der Zwischenzeit versuche ich noch das zu retten, was zu retten ist, aber es sieht hoffnungslos aus. Der Boden der Pfanne hat sich mittlerweile schwarz gefärbt und auch der Geruch ist nicht mehr aus der oberen Reisschicht zu entfernen.

Emma kommt auf mich zu und hält ihre schützende Hand auf meine. Ich habe unbewusst wieder angefangen, mich am Handgelenk zu kratzen. Blicke darauf verraten uns, dass ich kurz ins Bad muss, denn ich blute. Schon wieder.

»Es ist alles gut, Caro«, sagt sie mit einer Sanftheit in ihrer Stimme, die mich ruhiger werden lässt.

Emma und Sam wollten mir nie erzählen, wie es damals zu dem Unfall gekommen ist. Was genau passiert ist, weiß ich auch nicht, denn Sam hat alle Zeitungen vor mir versteckt. Zeitungsartikel gab es nur einen, danach wurde alles still. Nur die Blicke der Menschen hier im Dorf lassen mich Schlimmes erahnen.

#II

Warum hast du mir das angetan? Willst du mir denn nicht erklären wieso? Kannst du mir nicht erklären warum?

Lass uns Verstecken spielen. Du suchst mich und wenn du mich hast, wird dir alles klar. Okay?

Siehst du denn nicht, es hat aufgehört zu regnen. Die Sonne versucht sich durch die Wolkendecke durchzuzwängen, aber es wird ihr nicht gelingen. Wie alles, was du willst, wird dir dies auch nicht gelingen. Das ist traurig, aber so ist die Welt nun mal. Sie dreht sich trotzdem. Immer und immer wieder, jeden Tag aufs Neue.

Schön ist es im Garten, nicht wahr? Mit der Erde fühlt man sich so lebendig. Hast du sie schon mal angefasst, daran gerochen oder sie einfach durch deine kalten Finger rieseln lassen?

Ich schon und ich muss sagen, es war eines der schönsten Gefühle, die ich jemals wahrnehmen konnte. So frei und unbeschwert zu sein, das liebe ich.

DREI

DIENSTAGMITTAG

Mittlerweile habe ich mich dazu entschieden, Spaghetti mit Pesto zu kochen. Mit dem Reis konnten wir leider nichts mehr anfangen, aber den Hennen wird er bestimmt schmecken.

»Ich muss los, Emma. Kommst du hier klar?«, frage ich sie wie jeden Tag, bevor ich starte.

»Ja Caro, und ansonsten habe ich deine Nummer«, antwortet sie mir, als hätte sie meine Gedanken gelesen.

»Gut.« Ich drehe mich von ihr weg und blicke das Treppengeländer nach oben. »Ben, mein Schatz, Mami geht jetzt arbeiten«, versuche ich ihn zu erreichen.

Keine Antwort.

»Du weißt, wo alles ist, oder Emma?«, frage ich sie nervös.

»Ja, wir kommen klar, Caro. Mach dir keine Sorgen.«

Unsicher gehe ich wie jeden Tag in den unendlich großen Vorhof. Ich fahre nicht mehr Auto, seit das mit mir passiert ist. Ich konnte mich noch nicht dazu animieren, es wieder zu versuchen, obwohl ich es dringend hier im Dorf brauchen würde. Der Bus in die Stadt fährt nur alle zwei Stunden und das sogar nicht immer regelmäßig.

Zu meiner Arbeitsstelle komme ich aber zu Fuß. Sie ist nur etwa 30 Gehminuten von hier entfernt. Durch den dunklen Wald, der auch zum Nationalpark gehört, gehe ich am liebsten. Es ist dort sehr ruhig. Ab und zu sehe ich mehrere Rehe, die friedlich im modrigen Waldboden Gräser suchen.

Heute nicht, heute höre ich nur die kleinen Vögel, die miteinander kommunizieren. Auch Frösche sind zu hören. Hier haben sie ihre Ruhe. Niemand stört sie. Nur ich gehe ab und zu hier lang. Weit und breit keine Menschenseele zu sehen.

»Caro?« Ich höre eine Stimme, die von hinten kommt.

Sie durchdringt meine Gedankenwelt, in der ich gerade gefangen war und holt mich auf den Boden der Realität zurück. Augenblicklich drehe ich mich nach hinten um, denn ich kenne diese vertraute, liebevolle Stimme.

»Sam, was suchst du denn hier?«, frage ich erfreut.

»Ein Pferd ist davongerannt und ich muss es zur Herde zurückbringen«, erklärt er mir.

Ich gehe auf ihn zu und nehme ihn fest in den Arm. Es fühlt sich so an, als hätte ich ihn ein Leben lang nicht gesehen. Dabei sind wir heute Morgen nebeneinander aufgewacht. Er gibt mir einen zärtlichen Kuss auf meine Lippen und ich muss anfangen zu lächeln. Er ist so liebevoll und so fürsorglich.

»Bist du auf dem Weg zur Arbeit?«, fragt er mich.

»Ja, Emma ist zu Hause bei Ben«, antworte ich.

»Hat Emma etwas gesagt?«

»Was soll sie denn gesagt haben?«, ermittle ich und ich merke, dass die Stimmung schlagartig wieder abgenommen hat.

»Nichts, nur aus reiner Neugier«, sagt er mit einer Kälte, die ich von ihm selten so stark erlebt habe. »Wie geht es dir, Caro?«

»Gut, danke. Dir?«

Er weiß, dass es mit den Anfällen schlimmer wird. Das war eigentlich der Hauptgrund, warum er mich zur Psychologin schicken wollte. Dass ich heute einen hatte, soll er nicht erfahren. Immerhin sind das ja meine Probleme.

»Auch gut, danke. Caro, ich muss los. Sehen wir uns im Büro spätestens heute Abend?«, schlägt er vor.

»Geht in Ordnung«, sage ich rasch, ohne ihn lange aufzuhalten.

Er verschwindet so schnell, wie er gekommen ist, inmitten von zwei Bäumen. Seine Fußabdrücke sind durch das Wasser, das sich im Moos angesammelt hat, noch weit zu hören. Die Vögel haben aufgehört zu singen und es sieht wieder so aus, als würde es gleich wieder anfangen zu regnen.

· · ·

Cloe ist schon im Büro. Sie arbeitet ganztags und ich verstehe mich gut mit ihr. Anscheinend waren wir beide vor meinem Unfall sehr gut befreundet. Nicht, dass wir das heute nicht mehr sind, aber unser Verhältnis fühlt sich anders an. Jedenfalls noch.

Ihre endlos langen Haare ziehen sich über ihren perfekten Busen runter zu ihrem flachen Bauch. Wenn ich nicht mit eigenen Augen sehen würde, was sie arbeitet, hätte ich gedacht, dass sie Topmodel ist oder ihre eigene Unterwäschekollektion leitet.

Ihr Gesicht ist immer geschminkt. Egal, ob es draußen regnet, schneit oder die Sonne scheint. Ihr Make-up sitzt immer perfekt. Auch das Outfit sieht immer super aus. Knapp wie immer und auffallend bunt. Neben dem grellgelben Rock trägt sie passend zum knallroten Top High Heels. Der Look schreit förmlich nach Aufmerksamkeit, aber das sei ihr gegönnt.

»Hallo Caro, wie geht es dir, Liebes? Und wie geht es Ben?«, fragt sie mich neugierig.

Sie ist die Einzige, die immer und immer wieder nach Ben fragt. Allen anderen scheint es egal zu sein, wie es meinem kleinen Jungen geht.

»Mir geht es bescheiden und Ben ist bei Emma gut aufgehoben. Wie geht es dir, Cloe?« Meine Antwort erscheint mir recht kühl. So wollte ich eigentlich nicht antworten, aber ich denke, sie versteht es.

Ich versuche das Geschehene zu entschärfen und lächle sie an. Sie lächelt zurück und mustert mich von oben bis unten. Was sie wohl an mir stört? Ist es die schwarze, eng anliegende Hose oder doch der Wollpullover, den ich mir vorhin schnell übergezogen habe.

»Mir geht es gut, danke Liebes. Gut siehst du aus. Der Pullover steht dir hervorragend«, jauchzt sie.

Ach so, der Pullover ist hässlich. Ich weiß nicht, was sie daran stört. Er ist weich wie eine Wolke und so fein verarbeitet, als hätte ich eine Bettdecke um meine Schultern gewickelt.

Im Büro herrschen gefühlte 38 Grad. Kein Wunder, dass sie halbnackt arbeitet. Ein Bild sticht mir ins Auge.

Es ist das neue Kalenderbild, genauer gesagt das September-Kalenderbild. Wir haben heute den Ersten des Monats. Das Bild ist besonders auffällig. Die Farben mischen sich und beim Hinsehen fühle ich mich so, als wäre es mitten im Sommer. Blumen sprießen, gelbe und rote Blumen und andersfarbige.

»Sam sucht ein Pferd. Eines ist aus der Herde abgehauen.« Es hört sich so an, als hätte sie diesen Satz auswendig gelernt.

»Ich weiß«, sage ich zu ihr, »ich habe ihn vorhin im Wald getroffen.«

Sie sieht mich an, als wäre ich ein Geist. Damit hat sie jetzt wahrscheinlich nicht gerechnet.

Ich setze mich auf meinen harten, hellbraunen Holzstuhl. Ich sollte mir endlich mal ein Kissen zum Unterlegen mitnehmen. Vielleicht tut mir mein Kreuz abends dann nicht mehr so schrecklich weh. Ich muss es mir beim Unfall angeknackst haben.

Urplötzlich springt mir eine Nachricht auf dem Bildschirm ins Auge. *Vorbereitung Naturparkfest* steht drauf. Das habe ich schon fast vergessen. Am Wochenende findet das alljährliche Fest statt. Kinder kommen und dürfen sich einen kleinen Baum aussuchen, den sie dann irgendwo im Wald vergraben können. Gegrillt wird auch, wenn es das Wetter zulässt.

Dieses Jahr trifft es mich, den Flyer zu gestalten, ihn zu verteilen, alles zu organisieren und abzuwickeln. Das wird ein Spaß. Ich habe keine Ahnung von Organisation. Wie auch. Ich kann nicht mal mein Leben ordnen.

Ich klicke wild umher und versuche etwas zu kreieren. Ob es mir gelingt, werden wir noch sehen.

Naturparkfest

Wann: 05.09.2017

Wo: Nationalpark, Moosbach

Uhrzeit: Start um 10:00 Uhr

Mitzubringen: gute Laune und ganz viel Hunger

»Cloe? Wie findest du den Flyer?«, frage ich angespannt.

»Alle wichtigen Informationen stehen drauf«, zwinkert sie mir zu.

»So schrecklich?«, frage ich sie verzweifelt.

»Nein, vielleicht etwas Farbe und er sieht super aus. Wirklich!«, versucht sie mich zu beruhigen.

Völlig verzweifelt wende ich mich abermals dem Flyer zu und vergesse komplett die Zeit. Es ist draußen bereits dunkel geworden und die Zeiger an der Wanduhr schlagen eine volle Stunde an.

18:00 Uhr

Cloe fährt ihren PC runter und steht ruckartig auf. Erschrocken blicke ich zu ihr. Sie zieht sich in aller Ruhe ihren knielangen, dunklen Mantel an und schließt die Knöpfe, die sich auf der Vorderseite bis fast ganz unten anreihen.

»Ich wünsche dir noch einen schönen Abend, Liebes. Mach nicht mehr so lange«, sagt sie, bevor sie mich umarmt und durch die Glastür verschwindet.

Ich starre immer noch auf den Flyer. Er wird sich nie ändern und er wird auch nicht schöner. Den ganzen Tag habe ich nichts erreicht. Keine Seltenheit, aber wir haben Gott sei Dank gerade nicht viel zu tun. Der ganze Park ist wie ausgestorben und auch der Großteil der Bauern hat ihr Vieh bereits abgeholt und in den Stall gesteckt.

Die Lichter von Cloes Auto erhellen den Parkplatz, der sich vor unserem Büro befindet. Steine fliegen umher, als sie mit einem ziemlichen Schwung über das Kiesbett rauscht. Die Dunkelheit erdrückt mich jetzt noch mehr, da ich allein bin. Es fühlt sich so an, als hätte der Raum gerade 10 Grad verloren. Je länger ich in die Finsternis starre, desto ängstlicher werde ich. Ich bilde mir Sachen ein, die gar nicht da sind, und ich denke an alle möglichen Szenarien, die gerade passieren könnten.

Etwas Kleines bewegt sich durch das Gebüsch. Ich zucke zusammen und ein kalter Stich zieht meine Wirbelsäule entlang nach unten. Gänsehaut ist auf meinem ganzen Körper erkennbar und mir bleibt ein Kloß im Hals stecken.

»Bestimmt nur ein Reh«, versuche ich mir einzureden.

Ein lautes Geräusch. Es hört sich so an, als würde jemand schreien. Dann Stille. Was passiert hier gerade?

Unruhig blicke ich durch den Raum und gehe zitternd zur Tür, die nicht verschlossen ist. Eilig schließe ich sie von innen ab und gehe in den hinteren Bereich, in dem sich der Drucker befindet.

Zwei Minuten, die sich wie eine Ewigkeit für mich anfühlen, vergehen. Stille und Dunkelheit machen sich im Raum breit. Alles dreht sich vor meinen Augen.

»Das ist kein guter Zeitpunkt, eine Panikattacke zu bekommen«, flüstere ich mir zu.

Ich atme tief ein und lasse die kalte Luft von meinen Lungen wärmen. Eins, zwei, drei, vier, fünf, sechs, sieben, acht, neun, zehn und wieder tief ausatmen. Meine Hände zittern. So stark haben sie vorher noch nie gebebt.

Weitere zwei Minuten sind vergangen und es hat sich nichts geändert. Stille. Dann ein lauter, dumpfer Schlag. Es hört sich so an, als hätte jemand gegen die Eingangstür geschlagen. Wer könnte das sein? Ist es Sam? Sam hat aber einen Schlüssel, das weiß ich. Es muss sonst wer gewesen sein. Wer will aber jetzt noch in den Nationalpark? Wir haben laut Öffnungszeiten ab 18 Uhr geschlossen.

#III

Warum siehst du es nicht? Warum siehst du mich nicht? Die Wahrheit ist zum Greifen nahe und du kannst sie nicht erkennen. Warum? Wieso bist du so blind? Hast du Angst? Angst vor mir?

Ich werde auch auf das Fest gehen, stimmt's? Es wird so sein wie jedes Jahr, als du noch nicht dort gearbeitet hast. Nur du kannst dich daran nur nicht mehr erinnern. Ich mich schon, weißt du? Ich weiß noch alles. Jedes einzelne Spiel. Das Wetter. Ich kann sogar schon die Bratwurst in meinem Mund schmecken.

Riechst du es? Das angebrannte Fett, die vielen Nachspeisen und den Kaffee, der frisch von der Maschine runtergelassen wird. Das Geräusch des Milchaufschäumers, die vielen Kinder, die lachen und Spaß haben und die vielen Gespräche der Erwachsenen, ernste Gespräche, welche die ganze Stimmung versauen.

Ich kann alles hören. Ich kann alles schmecken. Es war so eine schöne Zeit. Weißt du denn nicht mehr? Weißt du denn nicht mehr, wie viel Spaß wir immer hatten? Ich kann mich noch gut daran erinnern. Es fühlt sich so an, als würde ich diesen einen Tag immer und immer wieder durchleben. Weißt du, wie sich das anfühlt?

Ich wollte doch nie eine Last für dich sein. Verstehst du das denn nicht? Warum lässt du mich nicht gehen? Ich will nicht mehr. Ich will das alles nicht mehr sehen.

Ich will bei dir sein, bei dir in deinen Armen liegen und nicht mehr allein sein. In dieser Dunkelheit scheint alles so unendlich weit. Siehst du es denn nicht?

VIER

DIENSTAGABEND

Der laute Knall lässt mich in Panik verfallen. Es war nur ein Schlag. Dann fällt das Licht aus und danach herrscht wieder Stille.

Ohne lange bis zehn zu zählen, spähe ich kurz um die Ecke, an der ich die Glasfassade begutachten kann. Alles ist so wie hier in diesem Raum. Dunkel und stockfinster wie die Nacht.

»Komm schon, Caro, reiß dich zusammen«, versuche ich mir Mut einzureden.

Hastig – als würde mein Leben davon abhängen – schnappe ich mir den nächstbesten Gegenstand, renne zum Lichtschalter und erhelle den Raum. Ruckartig blicke ich nach rechts und links und nach draußen. Niemand.

In meiner rechten Hand halte ich ein zusammengerolltes Plakat und in meiner linken das Telefon. Super Waffen, ich weiß. Es waren die ersten Gegenstände, die ich zur Hand hatte.

Bewaffnet mit dem Licht, das mein Blitz am Handy verursacht, leuchte ich nach draußen, um den Parkplatz zu durchleuchten. Dort befindet sich nur Sams Geländefahrzeug. Nichts weiter.

Mir stechen fünf bunte Steine auf dem Fensterbrett ins Auge. Waren die schon vorher da? Es sind sehr schöne, klare und kleine Steine. Ich öffne vorsichtig die Eingangstür zum Büro, die ich aufgesperrt habe, um mir die kleinen Kristalle genauer anzusehen.

Der gelbe Stein hat ein dunkles Muster im Inneren. Linien, die fast gerade durch den ganzen Stein verlaufen. Ein weiterer hat auch dieselbe Farbe, nur ist er etwas heller als der andere. Darin sind keine Linien gezogen, sondern ab und zu ist dort flächendeckend eine weiße Stelle. Der dritte ist ein sehr dunkler Stein, fast schon schwarz, um genau zu sein. An einer Stelle ist er gebrochen und es sieht so aus, als käme er aus einem Vulkan. Kleine Krater schmücken diese Stelle und machen ihn zu etwas Besonderem. Wieder ein anderer hat ein ausdrucksloses Grau. Er ist mausgrau, um genau zu sein. Kleine, dünn gezogene weiße Linien verzieren ihn rundherum. Den letzten Stein kenne ich. Es ist ein Amethyst. So einen würde ich überall wiedererkennen. Seine Farbe kann von einem kräftigen bis hin zu fast transparentem Violett variieren. Dieser ist sehr dunkel und hat an einer Stelle einen etwas helleren Fleck.

Als ich damals im Krankenhaus aufwachte, war mein Krankenhausbett voll von diesen Steinen. Sogar unter meinem Kopfkissen konnte ich einen finden. Es war immer und immer wieder ein Amethyst. Warum? Er soll Körper und Geist reinigen, so habe ich es jedenfalls gelesen. Ob es hilfreich war oder ob ich ohne ihn besser dran gewesen wäre, weiß ich nicht.

1. September
Fünf bunte Steine vor dem Büro

· · ·

Der Mond leuchtet heute hell. Jetzt, wo sich die Wolken verzogen haben, kann ich ziemlich alles erkennen, was um mich herum passiert.

Ein Mann, den ich in der Ferne erblicke, geht direkt auf das Büro und auf mich zu. Ich kenne diesen Gang. Es muss Sam sein, der die Suche vermutlich wie immer erfolgreich abgeschlossen hat. Anders als sonst geht er heute recht zügig. Vielleicht ist etwas passiert und er braucht meine Hilfe.

»Ich bin's, Caro, du brauchst keine Angst haben«, höre ich ihn von Weitem rufen.

Er muss mitgekriegt haben, dass ich einen Ausweichschritt nach hinten gemacht habe. Unbewusst, aber dennoch gezielt.

Er hat keinen schweren und schnellen Atem, wie man ihn haben könnte, wenn man sich körperlich angestrengt hat. Er ist trainiert. Er kennt diese Berge wie seine Westentasche, das muss ich immer und immer wieder feststellen.

Er ist hier aufgewachsen und arbeitet schon seit seiner Jugend in diesem Park. Immer und immer wieder war er mit dem damaligen Ranger unterwegs und ging auch manchmal allein auf neue Entdeckungsreisen. Jedenfalls hat er mir davon jede Menge Geschichten erzählt, seit wir vor fünfzehn Jahren zusammengekommen sind. Wir waren noch Teenager, aber irgendetwas hat mich immer an diesem Mann fasziniert und jetzt darf ich ihn *mein Eigen* nennen.

»Ich habe es leider nicht gefunden«, sagt er frustriert.

»Es wird bestimmt wieder auftauchen«, versuche ich ihm Mut zuzusprechen.

»Da wirst du wahrscheinlich recht haben«, antwortet er mir. »Lass uns nach Hause fahren, Caro. Es ist schon spät.«

Ein Blick auf die Wanduhr verrät mir, dass es schon 19:00 Uhr ist. Wie schnell die Zeit doch vergangen ist. Eine Zeit, in der Angst und Panik meine Welt beherrschte.

Im Geländewagen macht sich ein aggressiver Geruch bemerkbar. Es ist eine Mischung aus Sams Aftershave und Cloes Parfum. Sam holt sie ab und zu von zu Hause ab und die beiden fahren dann gemeinsam zur Arbeit. Auch eine kleine Brise vom Erdbeerbäumchen ist wahrzunehmen. Er liebt den Geruch von Erdbeeren und muss ihn immer und überall verteilen, jedenfalls wenn wir frische Erdbeeren zu Hause im Garten haben.

»Wie geht es Cloe?«, fragt er mich, als wüsste er die Antwort nicht.

»Gut. Warum fragst du?«

Etwas genervt von seiner Frage drehe ich mich zum Fenster und beobachte die Bäume, die rasend schnell an uns vorbeiziehen.

Er wartet mit seiner Antwort. Ich habe nicht mehr große Hoffnung, dass er meine Frage beantworten wird. Und das war dann auch so. Die restliche Fahrt schweigen wir uns an, als hätten wir uns nichts mehr nach all den Jahren zu sagen.

. . .

Im Haus brennt nur das Licht im Wohnzimmer. Alle anderen Räume sind dunkel. Emma ist es mittlerweile gewöhnt, dass wir spätabends nach Hause kommen.

Die Tür ist zweimal von innen verschlossen. Vielleicht hat sie heute mit uns gar nicht mehr gerechnet.

Im Wohnzimmer sehen wir Emma auf der Couch liegen. Sie hat es wohl verschlafen. Das passiert heute zum ersten Mal, aber sie hat schon öfters bei uns übernachtet, wenn das Wetter den Nachhauseweg nicht zugelassen hat.

Sam geht schon zu den Treppen, die in unser Schlafzimmer hochführen. Er hat es wohl sehr eilig ins Bett zu kommen. Komisch. Sam ist ein Nachtmensch. Das habe ich immer und immer wieder bemerkt. Vermutlich belastet es ihn stark, dass eines seiner Schutztiere so kurz vor Abtrieb verschwunden ist.

»Ich sehe noch kurz nach Ben, dann komme ich ins Bett«, flüstere ich ihm nach.

Keine Gestik. Keine Mimik. Vielleicht konnte er nicht verstehen, was ich zu ihm gesagt habe.

Ich schalte behutsam das Licht im Wohnzimmer aus und gehe in den oberen Stock. Die Tür von Bens Zimmer steht sperrangelweit offen und das Zimmer ist stockdunkel. Durch die Fenster, die sich am Ende des Flurs und in seinem Zimmer befinden, ist der Mond zu sehen, der heute sehr groß und rund ist. Am Wochenende ist Vollmond und das genau in der Nacht, an dem das Fest stattfindet. Es wird sicher ein wunderschöner Tag und eine atemberaubende Nacht werden, wenn der Wetterbericht hält, was er verspricht.

Ben liegt in seinem Bett und schläft. Das erkenne ich daran, dass er tief und ruhig atmet. Das Nachtlicht neben seinem Bett erhellt die Ecke, vor der er immer solche Angst hat. Die Sterne an der Wand, die sich bei Tag aufladen, leuchten heute schwach. Das muss wohl daran liegen, dass es heute den ganzen Tag recht düster war.

Ich schließe Bens Schlafzimmertür und gehe in unser Schlafzimmer. Die Nachttischlampe ist eingeschaltet und Sam liest noch ein Buch. Er interessiert sich stark für Naturwissenschaft und liest gerade eine Biografie von einem Wissenschaftler.

»Sam, was ist los mit dir?«, frage ich ihn vorsichtig.

»Alles ist okay, Caroline«, antwortet er ernst, ohne mich eines Blickes zu würdigen.

Dabei belasse ich es dann auch, ziehe mich aus und lege mich zu ihm ins Bett. Ich beobachte ihn dabei, wie er mich nicht beachtet. Auch wenn ich nackt vor ihm stehen würde, würde er mich nicht ansehen, geschweige denn anfassen.

Das war einmal. Einmal gab es eine Zeit, in der er von mir nicht genug haben konnte, einmal eine Zeit, in der er mich niemals losgelassen hätte, wenn der Wecker geklingelt hat, einmal eine Zeit, in der wir beide uns in- und auswendig kannten.

Seit der Unfall passiert ist, verhält er sich komisch. Komisch gegenüber mir und vor allem gegenüber Ben. War der Unfall doch kein gewöhnlicher Unfall? Es lässt mich skeptisch werden. Es wurde nur ein Zeitungsartikel darüber veröffentlicht. Nur einer. Oder verschweigt er mir was?

Horrorunfall in Moosbach

29. Oktober 2016

Ein schreckliches Szenario bot sich den Einwohnern in der Nacht von Samstag auf Sonntag.
Offenbar handelt es sich um die 35-jährige C. Brand, die wohl die Kontrolle über ihr Kleinfahrzeug verloren hat.
Der fürchterliche Unfall ereignete sich gegen 23:00 Uhr. Ein blauer PKW kam von der vereisten Fahrbahn ab, überschlug sich mehrere Male und kam dann zwischen zwei Bäumen zum Stehen.
Zivilisten, die zufällig noch unterwegs waren, eilten zur Mutter, die kopfüber in ihren Gurten hing, befreiten sie sogleich und alarmierten sofort den Notruf.
Sogleich kamen Feuerwehr und das Deutsche Weiße Kreuz (DKV) zur Hilfe und brachten die junge Mutter ins Krankenhaus von Grammel. Ihr Zustand ist derzeit noch nicht sicher, aber einige Zeugen behaupten, dass sie nicht mehr ansprechbar war, als sie sie herausholten.

Genauere Informationen folgen noch.

DIENSTAGNACHT

Ich schrecke auf.

Ein Albtraum hat mich verfolgt. Ich konnte meinen Unfall sehen. Ich war stille Zuschauerin bei meinem eigenen Unglück.

Ben sitzt auf dem Rücksitz. Er ist klar und deutlich zu erkennen. Und ich? Ich fixiere die Straße. Sie ist eisig. In der Schicht, die sich oberhalb des Teers befindet, spiegeln sich die Bäume, die am Straßenrand gepflanzt sind.

Die Strecke kommt mir bekannt vor. Es ist die, die ich immer und immer wieder zu unserer alten Wohnung gefahren bin. Tagein, tagaus der gleiche Weg zur Arbeit und wieder nach Hause. So ein eintöniges Leben.

Das Auto, in dem wir beide sitzen, ist schnell unterwegs, zu schnell. Ich kann in meinen Augen erkennen, dass ich weiß, dass es zu spät ist. Zu spät zum Bremsen und zu spät zum Ausweichen.

Die Leitplanke streift mein Auto und schlussendlich verliere ich die Kontrolle über den Wagen, rase in Zeitlupe durch das Loch, das sich zwischen einer und der nächsten Leitplanke befindet, und verschwinde. Im Graben sehe ich uns beide liegen.

Ben schreit. Ich sehe ihn hinter mir auf dem Rücksitz. Er ist immer noch angeschnallt. Wie in einem schlechten Film kann ich mich nicht bewegen, nehme aber alles wahr, was um mich herum passiert. Das Blut, das ich verliere, riecht streng. Das ganze Auto ist voll von diesem Duft. Nicht mal Sams Duftbäumchen mit Erdbeergeschmack kann diesen furchtbaren Geruch überdecken.

Lange tut sich nichts. Dann ein Auto, das an der Unfallstelle vorbeifährt. Vermutlich haben die Kratzer und die Bremsspuren, die überall zu sehen sind, darauf aufmerksam gemacht. Es hält an. Die Lichter des Autos erhellen die lange, dunkle Gerade. Jemand steigt aus. Es ist eine Bekannte von mir. Es ist Emma.

Emma? Was hat sie denn mit der ganzen Geschichte zu tun? Sie starrt in die weite Leere und in den Graben hinunter. Allein steht sie da und begutachtet das verunglückte Auto. Was in ihrem Kopf wohl vor sich geht?

Sie macht keine Anzeichen, dass sie mir helfen wird. Sie steht wie angewurzelt da und regt sich nicht. Mit verschränkten Armen geht sie zum Auto und steigt ein.

Minuten vergehen und es tut sich nichts. Sie sitzt da in ihrem Auto und – tut – einfach – nichts. Eine Weile vergeht und sie startet den Wagen. Der Motor heult durch die Nacht und als ob nichts gewesen wäre, fährt sie weiter und verschwindet hinter der Kurve.

Tränen schießen mir in die Augen. Eine läuft meine Wange entlang nach unten. Ich fühle mich schwach und hilflos. Was hat das zu bedeuten?

Ben! Schlagartig springe ich aus dem Bett und beim Anziehen meiner Pantoffeln wäre ich fast gestolpert. Ich höre ihn weinen. Schnurstracks gehe ich mit raschen, aber sicheren Schritten auf seine geschlossene Zimmertür zu.

Sie ist verschlossen.

»Ben? Hier ist Mami. Was ist los, mein Schatz? Bitte öffne die Tür.«

Nichts zu hören. Nur sein leises Winseln.

Die Tür muss von innen verschlossen worden sein, denn draußen hängt kein Schlüssel. Aber woher hat er ihn? Ich habe alle Schlüssel vom gesamten Haus – bis auf jenen der Eingangstür – versteckt. Ich habe sie alle sicher verwahrt, denn es soll ein Ort mit offenen Türen für uns sein.

»Mein Schatz, öffne die Tür.« Abermals versuche ich es und versuche dabei ruhig zu bleiben.

Panik lässt mich meinen Herzschlag bis in die Kehle spüren. Meine Hände zittern und sind klitschnass von dem Schweiß. Der Türknauf rutscht mir unter den Händen weg, obwohl er immer noch da ist, wo er sein soll, und meine Knie schlagen im Takt des Herzschlages.

»Es geht nicht, Mami. Du hast es gesehen«, antwortet er und sein Winseln wird jetzt wieder zum Weinen.

Fassungslos versuche ich durch das Türschloss zu schauen und hoffe, dass ich dadurch mehr erfahre.

»Was meinst du damit, Ben?«

Abermals keine Antwort.

»Ben?«

Es reicht. Ich hole die Ersatzschlüssel. Wo habe ich diese denn hingelegt? Kopfschmerzen, die bis in den Hinterkopf hineinziehen, machen sich bemerkbar. Ich weiß es doch sonst immer.

»Komm schon, Caro, denk nach«, flüstere ich mir zu.

Rasch gehe ich in die Küche. Ich muss die Schlüssel in einer der Schubladen versteckt haben. Bestimmt. Ich kenne mich doch. Überleg, denk nach! Nichts. Da auch nichts.

Frustriert setzte ich mich auf den Küchenstuhl und starre die Schränke an. Ruhig versuche ich einen kühlen Kopf zu bewahren und atme tief ein.

»Da sind sie ja!«, jauchze ich, während ich die Luft wieder nach draußen puste.

In einer eisernen Schüssel auf dem Hochschrank habe ich sie versteckt. Aber wie kam Ben da hoch ohne Hilfe? Schnell leere ich die Schüssel auf der Küchenplatte aus und suche den Schlüssel zu Bens Zimmer. Unsicher nehme ich mir drei davon. Einer muss es ja sein.

Zügig eile ich wieder in den ersten Stock und falle dabei auf meine Knie.

»Aua«, jammere ich, »das gibt bestimmt einen blauen Fleck.«

Ohne viel Zeit zu verschwenden, richte ich mich auf und gehe mein gewohntes Tempo wieder nach oben.

Geschockt bleibe ich in der Mitte des Flurs stehen. Mein Herz setzt für einen kurzen Augenblick aus. Wie ist das möglich?

Die Tür zu Bens Zimmer steht offen. Was ist in der Zwischenzeit passiert?

Vorsichtig schleiche ich mich an unserem Schlafzimmer vorbei, in dem Sam tief und fest schläft. Sein Schnarchen ist bis in die Küche zu hören. Er hat sich von dem ganzen Krawall nicht wecken lassen, denn wenn er einmal schläft, schläft er tief und fest. Außer sein Handy klingelt. Dann steht er immer schon im Bett mit der Sorge, dass wieder einem seiner Lämmer etwas passiert sei.

Wie auf Samtpfoten schleiche ich in Richtung Bens Zimmer. Ruckartig drehe ich mich nach hinten um, wo eine weitere Zimmertür offen steht. Dieses Zimmer benutzen wir als Abstellkammer in diesem großen Haus und räumen es erst aus, wenn ein zweites Kind nachkommt.

»Ben?«

Es ist nichts mehr von ihm zu hören. Kein Weinen, kein Winseln, kein Gerede, gar nichts. Er schläft friedlich in seinem Bett, als wäre nichts passiert.

Ich kontrolliere das Schlüsselloch von innen. Es steckt kein Schlüssel darin. Wo wird er ihn versteckt haben? Unter seinem Kopfkissen vielleicht oder unter seinem Klamottenberg? Ich werde es morgen herausfinden, denn es ist schon recht spät. Oder soll ich sagen recht früh? Die Wanduhr im Flur zeigt 02:28 Uhr an. Ich würde sagen, die Geisterstunde ist für heute vorbei.

I V

Du weißt es, nicht wahr? Du konntest es sehen, bevor du aufgewacht bist. Du konntest alles sehen, jedes kleine Detail. AL-LES. Oder wolltest du es nicht sehen? Willst du es denn nicht endlich wahrhaben, was in jener Nacht geschah? Nein? Ich auch nicht.

Ich wollte es lange nicht sehen. Sehr lange haben mich Albträume verfolgt. Zu lange. Es ist doch schon mittlerweile fast ein Jahr her. Weißt du es denn nicht? Es wird Zeit. Alles braucht seine Zeit und deine kommt eben jetzt.

Weißt du, das Leben ist rätselhaft. Vieles kann man sich nicht erklären, vieles sollte man sich nicht erklären und vieles klärt sich von allein. Alles holt dich irgendwann ein. Alles wirst du irgendwann verstehen, du musst nur deine Augen öffnen. Du bist blind. Ich sehe es doch, weil du es nicht siehst. Ich würde es dir so gerne sagen, aber ich kann nicht. Das musst du schon selbst rausfinden.

Wie lange lagst du eigentlich im Koma? Ein oder zwei Monate? Was hast du da gemacht? Geschlafen? Konntest du träumen oder fühlte es sich tot an? War alles schwarz? Dunkel um dich herum und du konntest nur ein kleines Licht am Ende des Schwarzen Loches sehen? Bist du in die falsche Richtung gegangen, als du es gesehen hast oder direkt darauf zu? Weißt du das noch?

Ich weiß alles, denn ich war dabei.

FÜNF

MITTWOCHMORGEN

Die Sonne scheint durch die geschlossenen Jalousien direkt in mein Gesicht. Meine Augen brennen und mir ist eiskalt. Es dauert nicht lange, dann ertönen die ersten Töne von Sams Wecker. Ein schriller, lauter Ton, gefolgt von vielen weiteren kleinen, die in den Ohren wehtun. Er hört sich fast so an wie die Sirene der Feuerwehr und genauso laut.

Sam dreht sich zu mir und blinzelt mich an.

»Du schon wach?«, fragt er mich ganz verschlafen.

Seine Haare stehen kreuz und quer über seinem Kopf verteilt und einzelne Haarsträhnen durchkreuzen sein makelloses Gesicht. Kein einziger Pickel, keine Unreinheiten, einfach gar nichts hat er auf seiner schönen Haut. Ich verstehe sein Geheimnis nicht, denn er benutzt keine Cremes oder sonstige derartige Sachen.

»Ja, ich habe heute generell schlecht geschlafen«, gebe ich ihm zu verstehen.

»Warum, was war los?«, fragt er mich verwundert und erhöht seinen Kopf dabei leicht.

Ich weiß nicht, ob ich es ihm sagen soll. Immer, wenn ich von Ben erzähle, geschweige denn vom Unfall, blockt er ab, denn er versteht es nicht. Es ist alles immer gleich zu viel und das kann ich auch verstehen. Er hat derzeit genug um die Ohren und zwei Pflegefälle zu Hause.

»Ach, nichts Besonderes, ich habe nur einen schlimmen Albtraum gehabt«, versuche ich zu erklären, ohne viel Inhalt zu verraten.

Er gibt mir einen Kuss auf die Stirn. »Jetzt bist du ja wieder unter den Lebenden.«

Er grinst.

Ich nicht.

Ab und zu finde ich seine Witze einfach unpassend. Besonders nach dieser Nacht kann ich den Witz nicht verstehen, aber ich nehme es ihm nicht übel. Nichts kann ich diesem Mann übel nehmen. Ich weiß nicht warum, aber es ist so. Umsonst werde ich ihn wohl nicht geheiratet haben, oder?

Abermals die schrillen Töne in meinen Ohren. Dieses Mal dringen sie bis in meinen Kopf vor.

»Ich will nicht aufstehen«, raunzt Sam.

Es dauert keine Minute, bis er neben dem Bett steht. Seine Venusgrübchen am Rücken stechen heute extrem hervor. Seine großen und starken Arme ziehen die Hose nach oben, die er am Abend neben dem Bett auf einem Stuhl platziert hat. Aus dem Schrank holt er sich ein frisches T-Shirt.

Er geht aus dem Zimmer. Barfuß grinst er mich nochmals an, bevor er durch die Schlafzimmertür ganz verschwindet. Er muss wohl bemerkt haben, dass ich ihn von oben bis unten gemustert habe.

Ich drehe mich wortwörtlich aus dem Bett und stelle mich hin, schlüpfe in die Pantoffeln, ziehe mir den Morgenmantel an und gehe die – wie immer – eiskalten Treppe nach unten. In diesem Haus gibt es keine richtige

Heizung. Die Heizkörper funktionieren nur ab und zu, wenn sie Lust haben. Die Wärme des Bauernofens im Wohnzimmer zieht nur in Bens Zimmer, weil es direkt darüber liegt.

Die Kaffeemaschine fängt an sich zu reinigen. Ich kann sie schon von Weitem tropfen hören. Auch wenn es fast unmöglich ist, rieche ich bereits die frisch gemahlenen Kaffeebohnen und schmecke das Schokotörtchen im Mund.

Ben schläft noch und das ist auch gut so. Er muss nicht früh raus. Er begleitet mich heute zum Psychologen. Wie es aussieht, schläft Emma auch noch auf der Couch – oder hat geschlafen, denn jetzt starrt sie mich direkt an.

»Guten Morgen«, sagt sie munter.

Sie ist kein Morgenmuffel. Jedenfalls kein so großer wie ich. Alles vor dem ersten Kaffee ist Notwehr, finde ich. Es braucht ewig, bis ich für die Menschheit ansprechbar bin. Ob ich das vor meinem Unfall auch schon war, weiß ich nicht.

»Guten Morgen, Emma. Hast du gut geschlafen?«, frage ich sie und versuche dabei freundlich zu sein.

»Natürlich, wie immer.«

Sie fühlt sich wie zu Hause hier und genau so soll es auch sein. Sie ist wie eine Mutter für mich und wo wir gerade beim Wort Mutter sind, meine existiert noch irgendwo da draußen. Seit das mit mir passiert ist, habe ich keinen Kontakt mehr zu meiner Familie. Niemand war da, als ich aufgewacht bin. Nicht mal eine Nachricht, geschweige denn ein Anruf kam danach.

Die Einzigen, die immer da waren, waren Emma und Sam. Auch Cloe hat sich über meinen Allgemeinzustand immer wieder informiert. Traurig. Aber so ist das Leben.

Das Chaos heute Nacht hat auch sie nicht mitbekommen. Jedenfalls macht sie keine Andeutung darüber. Anscheinend musste ich sehr leise gewesen sein, da ich niemanden in diesem Haus geweckt habe.

»Das freut mich, Emma. Willst du einen Kaffee? Schwarz und ohne Zucker wie immer?«

»Ja, bitte«, antwortet sie mir, während sie sich aus dem Sofa erhebt und in die Küche schlendert.

»Guten Morgen, Sam«, höre ich sie fast schon schreien.

Sam und Emma haben ein sehr gutes Verhältnis. Es muss irgendwann mal etwas vorgefallen sein, was die beiden zusammengeschweißt hat. Es gibt wenige, die mit Emma nicht auskommen. Ich kann sogar nur eine Person aufzählen, mit der sie auf Kriegsbeil ist, und das ist Cloe. Alle anderen lieben sie.

Niemand hat mir etwas darüber erzählt, wie auch nicht vom Unfall. Als wäre es das größte Geheimnis der Welt, warum sich die beiden nicht ausstehen können.

»Habt ihr heute Nacht etwas mitbekommen?«, falle ich mit der Tür ins Haus.

»Was?«, fragt Sam.

»Habt ihr heute Nacht etwas gehört?«, frage ich nochmals.

»Ja, ich habe dich verstanden, Caro. Was hätte ich denn hören sollen?« Seine Stimme wird zunehmend ernster, sein Gesicht auch.

»Ach, nichts …«, ziehe ich mich zurück, bevor er mich bei lebendigem Leibe auffrisst.

Ich blicke auf die Wanduhr. Eiseskälte plagt meinen Körper. Gänsehaut macht sich darauf bemerkbar und ich zucke innerlich wie äußerlich zusammen. Sie ist um exakt 01:30 Uhr stehen geblieben.

Es muss so ausgesehen haben, als hätte ich einen Geist gesehen, denn beide blicken mich fragwürdig an. Ist es wegen der Frage von vorhin oder der Moment gerade? Sie denken wahrscheinlich, dass ich jetzt komplett durchgedreht bin.

»Ich muss los«, sagt Sam auf seine Armbanduhr blickend, trinkt seinen Kaffee ex aus und gibt mir einen Kuss auf die Stirn, bevor er nach draußen flüchtet.

Emma schüttelt den Kopf. Wir haben vermutlich komplett die Zeit vergessen.

»Wie spät ist es, Emma?«, frage ich sie, denn meine Uhr liegt noch oben auf der Kommode.

Ich habe sie vergessen anzuziehen. Das passiert mir sonst nie. Jedenfalls ist es mir noch nie passiert oder nicht dass ich wüsste, dass es mir einmal passiert wäre.

»07:40 Uhr«, sagt sie.

»Oh, schon so spät?« Hastig springe ich aus dem Stuhl, um ins Schlafzimmer zu gehen. »Ich muss doch heute noch in die Stadt und der Bus fährt in 28 Minuten.«

Ein großer Nachteil am Landleben sind die Busverbindungen. Nicht mal jede Stunde fährt ein Bus von hier in die Stadt und bei solchen Plänen muss man sich die Zeit gut einteilen.

»Ich komme mit dir. Ich muss in der Stadt ein paar Kleinigkeiten erledigen. So habe ich zumindest eine nette Begleitung mit dabei«, lächelt sie mich an.

Ich lächle zurück.

Es freut mich, dass Emma mit uns in die Stadt fährt. Alles ist so viel einfacher, wenn sie mit dabei ist. Alles fühlt sich dann plötzlich nicht mehr so komisch oder ungewohnt an und die Leute starren mich auch nicht mehr so an, als wäre ich von den Toten auferstanden. Was wohl oder übel auch der Fall war, aber jedenfalls fühle ich mich mit ihr sicher. Unbesiegbar trifft es am besten.

· · ·

»Ben, bist du fertig? Wir müssen los.«

Im oberen Stock sind schnelle, leichte Fußabdrücke bemerkbar und es dauert nicht lange, bis er am Ende der Treppe steht.

»Gut gemacht, mein Schatz«, lobe ich ihn und nehme seine Hand.

Emma sieht mich verwundert an. Was in ihrem Kopf vor sich geht, weiß ich nicht. Manchmal ist sie seltsam. Manchmal redet sie wirres Zeug und manchmal ergibt alles, was sie sagt, gar keinen Sinn. Deshalb werden wir uns wahrscheinlich so gut verstehen.

Die Sonne strahlt und es sind nur zwei kleine Wölkchen am Himmel zu erkennen. Eines sieht so aus, als wäre es eine Blume, das andere scheint nur ein lang gezogener Kreis zu sein. Es ist warm. Zumindest da, wo die Sonne scheint. Im Schatten der Bäume zieht ein kaltes Lüftchen und es wird kühl.

»Angenehmes Wetter heute, nicht wahr?«, fragt sie mich.

»Ja, da hast du recht, Emma.« Ich hole tief Luft und zwinge mich die Fragen auszusprechen, die mich so quälen. »Emma, was war eigentlich vor dem Unfall? Waren Sam und ich zerstritten? Wie war ich mit Cloe befreundet oder war ich überhaupt mit ihr befreundet? Sam erzählt mir nichts.«

Stutzig sieht mich Emma mit ihren tief dunkelbraunen Augen an. Zwei Falten bilden sich auf ihrer Stirn und ihr Mund öffnet sich leicht. Dann schließt er sich wieder. Sie wendet den Blick von mir ab und legt ihre Hände hinter den Rücken.

Sie wollte etwas sagen, das konnte ich genau sehen. Aber warum hat sie sich umentschieden? Was ist nun? Will sie mir keine Antworten geben?

»Emma?« Da ich eine Weile keine Antwort von ihr bekommen habe, versuche ich es nochmals.

»Weißt du, Caro …«

Abermals Stille. Nur die Vögel, deren Gesang aus allen Richtungen zu hören ist, durchbrechen diese.

»Mami, ich denke, es ist noch zu früh«, versucht mir Ben zu erklären.

»Zu früh für was, mein Schatz?«

»Es wird die Zeit kommen, in der du alles verstehen wirst, Caroline. Glaube an dich und glaube daran, dass sich alles zum Guten wendet, dann wird es auch so sein.«

Weise Worte von einer weisen Frau. Dennoch fühle ich mich mehr als bereit dafür, die Wahrheit zu hören und diese auch zu verstehen.

»Emma, ich hatte heute so einen Traum, besser gesagt einen Albtraum. Ich war Zeugin eines Unfalles, besser gesagt meines Unfalles. Da war …«

»… Mami, nicht!«, schreit Ben dazwischen.

»Warum denn nicht, Ben?«, frage ich zu ihm herabblickend.

Was hat das alles zu bedeuten? Warum will Ben nicht, dass ich Emma von meinem Traum erzähle? Was ist daran so besonders? Stimmt dieser etwa?

»Du hast Ben und dich in den Abgrund rasen gesehen, oder? Auch ich war da, stimmt's?«

Geschockt blicke ich in ihr Gesicht, das weiterhin die Steine am Wegesrand anstarrt.

»Woher weißt du das?«, frage ich sie vorsichtig.

»Ich habe da eine Vorahnung«, gibt sie mir zur Antwort. Nicht mehr und nicht weniger.

Vielleicht war es Emma, die mir am Krankenhausbett die ganzen Amethysten hingelegt hat und vielleicht war es auch Emma, welche die Steine gestern Abend auf das Fensterbrett von Cloes und meinem Büro gelegt hat. Das ergäbe alles einen Sinn. Emma ist tiefgläubig und glaubt an Zaubersteine und Zauberstäbe, an Hexen, Dämonen und den ganzen anderen Schwachsinn.

Das Einzige, woran sie nie geglaubt hat, ist, dass ich verrückt bin. Sie ist die Einzige, die mir immer und immer wieder einredet, dass ich nicht verrückt bin. Vielleicht bin ich deshalb so gerne bei ihr, denn sie ist die Einzige, die immer an mich glaubt und geglaubt hat.

. . .

Der Bus kommt heute in Verspätung, denke ich zumindest, denn es ist bereits zehn nach. Eigentlich hätte er schon vor zwei Minuten starten müssen, damit andere pünktlich die Zugverbindungen kriegen.

Zwei junge Männer stehen am Ende der Bushaltestelle. Ein weiterer Mann kommt dazu. Alle scheinen sich zu kennen und reden sichtlich über mich. Ihre Blicke mustern mich von oben bis unten und durchdringen meine Seele. Wie ein Schuss, der durch mich hindurchgeht, starren sie mich an.

»Was denkst du, worüber die reden?«, flüstere ich Emma zu.

»Mach dir keine Sorgen, Caro. Wenn Leute keine eigenen Probleme haben, müssen sie das tun, sonst wäre ihnen langweilig«, schreit sie schon förmlich und mit ihrem letzten Wort drehen sich die drei Männer von uns weg.

»Caroline? Caroline Brand?«

Ich drehe mich schlagartig nach hinten um. Meinen vollständigen Namen zu hören macht mich nervös und verunsichert mich sogar ein bisschen.

V

Ich sehe dich. Ich sehe dir an, wie du leidest, wie du es erzwingen willst, dich an Geschehenes zu erinnern. Es nützt dir aber nichts, etwas zu versuchen, was dir sowieso nicht gelingen wird. Auch wenn Emma daran glaubt, wird es dir nichts nützen.

Denkst du, der Bus wird heute voll sein? An einem Mittwochmorgen sind doch bestimmt alle arbeiten. Denkst du das nicht auch?

Warum ist nur alles in diesem Leben so kompliziert, weißt du das? Ich weiß es nicht. Ich weiß einfach nicht, was ich noch machen soll, damit du es endlich einsiehst, damit du es endlich verstehst.

Guck doch mal. Im Himmel ist noch der Mond zu sehen, obwohl die Sonne scheint. Ist das nicht schön? Alles ist so einfach, wenn man in den Himmel sieht. Alles ist vergessen, wenn die Dunkelheit verschwindet und die Sonne zum Vorschein kommt.

Was bedrückt dich heute? Warum wolltest du von Tante Emma alles wissen? Sie wird es dir nicht sagen. Sie kann es dir nicht sagen. Vielleicht will sie dich beschützen. Beschützen vor dir selbst, beschützen vor deinen Ängsten, die sich dann bewahrheiten.

SECHS

MITTWOCHMORGEN

Ich drehe mich von Emma weg und blicke der fremden Person ins Gesicht. Ihre dunkelbraunen, schulterlangen Haare trägt sie offen. Keine Wellen, keine Locken, einfach nur glatt. Darin trägt sie nichts. Keine Masche, keine Schleife und keine Spange.

Gleich schlicht wie die Haare ist auch das Outfit: schwarzes Jäckchen, schwarze Hose und schwarze Schuhe. Nur die Armbanduhr, die sie rechts trägt, ist mit einem weißen, herausstechenden Ziffernblatt gekennzeichnet.

Emma sieht besorgt aus. Sie starrt ihr ins Gesicht, als sähe sie darin einen Geist. Ihre Augen wandern von der obersten Haarspitze bis nach unten auf die Zehen und wieder hoch. Sie wirkt ernst dabei und unbeeindruckt. Sie kennt sie, das kann ich ihr ansehen. Ich kenne sie anscheinend auch.

»Was willst du hier, Marie?« Wut macht sich in Emmas Stimme bemerkbar.

Marie? Etwa *die* Marie? Ich weiß, dass nie jemand von meiner Familie da war, als ich im Koma lag. Marie heißt meine Schwester und ihr Name weckt Erinnerungen in mir.

»Marie?« Noch bevor sie Emma antworten kann, unterbreche ich die beiden.

»Komm her, Schwesterherz. Wie geht es dir?«

Gezwungenermaßen lasse ich mich von ihr drücken, ohne die Umarmung zu erwidern. Ich habe sie lange nicht mehr gesehen und ihr Gesicht gar nicht mehr in Erinnerung. Ein süßer Duft steigt mir in die Nase. Es ist das Parfüm, das sie trägt. Jedenfalls vermute ich das.

Mein Blick schweift hilfesuchend nach Emma, die scheinbar nicht wirklich interessiert ist. Ihre Mimik bleibt unverändert. Doch vielleicht kocht sie schon im Inneren.

»Gut, danke. Dir?« Es fühlt sich befremdlich an, wenn ich mit ihr rede.

Der Bus kommt und zieht eine lang gezogene Kurve vor uns, in der er dann stehen bleibt. Die Flügeltüren öffnen sich mühselig und zwei etwas ältere Damen mit Körben steigen aus.

»Komm, Caro, lass uns einsteigen«, sagt Emma ausdruckslos.

Ich folge ihr und sie nimmt meine Hand. Ben hält die andere.

Ich weiß gar nicht mehr, wie ich den Bus bezahlen oder ob ich den Bus überhaupt bezahlen muss. Emma zieht aus ihrer Tasche zwei Karten mit Zeilen und Zahlen. Diese überreicht sie dem Busfahrer und der lässt sie wiederum durch ein Gerät laufen. Vier kleine Geräusche sind zu hören und dann bekommt Emma die Karten wieder zurück. Kein *Guten Morgen*, kein *Hallo, wie geht es Ihnen*, einfach eine Handbewegung, die uns signalisiert, dass wir nach hinten gehen dürfen.

. . .

»Hören wir uns, Emma?«, frage ich sie.

»Natürlich, meine Liebe.«

Sie ist so gut zu mir. Sie begleitet mich bis zur Haustür meiner Psychologin und achtet stetig darauf, dass ich ja pünktlich überall ankomme. Da der Bus Verspätung hatte, müssen wir uns etwas beeilen.

Linda Hartmann steht auf dem Klingelschild geschrieben. *Psychologin Dr. Linda Hartmann.* Nichts weiter. Keine großen Aufschriften an Fenstern oder Türen. Gar nichts. Wenn Emma nicht gewusst hätte, wo sich die Praxis befindet, dann hätte ich mich durch die unzähligen Gassen und Straßen sicher verlaufen.

»Ist sie das?«, frage ich Emma etwas verwirrt.

»Ja. Soll ich dich noch nach drinnen begleiten?«, fragt sie.

»Nein, ich komme schon allein klar. Danke.«

Emma dreht sich um und winkt mir noch eine Weile zu, bis sie in einer Seitenstraße verschwindet. Wohin wollte sie nochmal gehen? Und wann fährt mein nächster Bus nach Hause?

»Komm, Ben, lass uns gehen«, sage ich, während ich seine Hand nehme und die erste Stufe nach oben gehe.

Die Tür fällt von allein wieder ins Schloss. Ohne dass ich ihr einen Ruck oder sonst was geben muss, knallt sie von allein wieder zu. Ich schrecke auf.

Alles hier ist so kindlich eingerichtet. Eine Wand des Aufenthaltsraumes ist blau, die andere im Flur gelb. Die Tische und Stühle kommen mir sehr klein vor. Vielleicht ist sie eine Kinderpsychologin? Vielleicht bin ich wegen Ben hier? Ich weiß es nicht mehr.

Eine verhältnismäßig große Uhr hängt an der Wand. Die Zahlen sind nur so raufgeklebt worden, vermutlich mit doppelseitigem Klebeband. In der Mitte erstrecken sich zwei große Zeiger, einer größer als der andere.

09:50 Uhr

»Caroline?« Die Tür öffnet sich und eine zierliche, kleine Frau streckt ihren Kopf durch die Tür. »Komm doch rein«, bittet sie mich freundlich.

Unsicher stelle ich mich auf meine wackligen Beine und nehme Bens Hand. Konsequent gehen wir auf die Dame mittleren Alters zu und betreten den lichtdurchfluteten Raum.

Die Sonne strahlt durch jedes Fenster dieses Raumes und davon gibt es viele. Am Ende des Raumes steht ein Schreibtisch mit vielen Ordnern und Akten darauf. Direkt zu meiner Rechten stehen eine Couch und davor zwei Sessel.

Der gesamte Raum ist in einem cremefarbenen Ton gehalten. Sogar die Bilder, die an den Wänden hängen, haben ein und dieselbe Farbe. An der Decke ragt ein großer, auffälliger Kronleuchter herunter und der Teppich sieht aus, als ob er einer alten Frau gehöre.

»Wie geht es dir heute?«, fragt sie mich und gibt mir mit der Handfläche zu verstehen, dass ich mich auf die Couch setzen möge.

»Gut, danke. Dir?«, frage ich skeptisch.

Ich habe keine Ahnung, wie ich mich verhalten soll. Immerhin bin ich das erste Mal hier.

»Gut, danke, Caroline. Kannst du dich an das letzte Mal erinnern?«, fragt sie mich.

Meine Augen werden groß. Ich bin also nicht das erste Mal hier und kann mich an das letzte Mal überhaupt nicht mehr erinnern.

Ben drückt meine Hand zusammen. Fast schon so, dass es wehtut.

»Mami, pass auf dich auf.« Sein Blick fixiert das andere Ende des Raumes.

Ich blicke auch dorthin und erkenne nichts. Kein Bild oder sonst etwas ist in diesem Bereich zu sehen. Was meint er damit?

»Caroline, du hattest vor fast genau einem Jahr diesen Unfall. Das weißt du doch noch, oder?«

Ich nicke.

»Du wurdest gefunden und direkt ins Krankenhaus gebracht. Dort warst du dann für lange Zeit im Koma und seitdem fehlen dir jegliche Erinnerungen. Ist das richtig?«

»Nein, nicht alle. Viele.«

»An was kannst du dich erinnern?« Sie kritzelt mit einem Stift wild auf einem Block umher.

»An das Fest im Dorf und wie Sam und ich als Jugendliche waren. An das Fest im Jahre 2015 und an all jene, die da waren. Auch an das, was letzte Nacht passiert ist.«

Sie hebt den Stift und sieht mich mit großen Augen an.

»Was war letzte Nacht?« Ihre Neugier steht ihr ins Gesicht geschrieben und sie will mir so den Traum aus der Nase ziehen.

»Da waren Ben und ich im Auto. Ich konnte den Unfall sehen und auch Emma, wie sie tatenlos dabei zugesehen hat. Als ich aufgewacht bin, habe ich Ben weinen gehört.«

»Wo war Ben?«, fragt sie mich und notiert wieder etwas in ihrem Block.

»Ben war in seinem Zimmer. Das Zimmer war aber verschlossen und er hat geweint.«

»Weißt du, warum er das getan hat, Caroline?«

»Nein, aber er hat mir nicht die Tür geöffnet. Sam hat schon geschlafen und Emma war im Wohnzimmer. Ich musste erst mal die Schlüssel zu seinem Zimmer suchen.«

»Gut, Caroline, wir machen Fortschritte. Wie geht es Ben jetzt?«

Das hört sich so krank an. Vermutlich denkt sie – wie alle anderen auch – dass ich einen Dachschaden habe. Sonst würde sie mir doch nicht so dumme Fragen stellen, oder?

»Ben sitzt doch neben mir. Warum fragst du ihn nicht selbst?«, entgegne ich ihr genervt.

»Tut mir wirklich leid, Caroline. Ich war so beschäftigt mit dir. Wie geht es dir, Benjamin?«

Ich verdrehe die Augen.

Das hat doch hier alles keinen Sinn. Wenn ich doch immer und immer wieder hierherkomme und doch keine Ergebnisse zu sehen sind, ist das alles Zeitverschwendung. Oder irre ich mich da etwa?

In ihrem Büro hängt auch eine extrem große Uhr. Die Zahlen sind aber bei dieser nicht typisch angeordnet.

»Mami, ich will gehen. Die Frau macht mir Angst.« Ben zieht an meinem Arm, sodass ich ihm die ganze Aufmerksamkeit widme.

»Wie lange dauert denn so eine Sitzung normalerweise?«, frage ich sie und hoffe, nicht unhöflich oder ausfallend zu wirken.

Womöglich habe ich diese Frage schon öfters gestellt.

»Wir reden immer eine halbe Stunde, damit du pünktlich zum Bus kommst«, sagt sie mit ruhiger und verhaltener Stimme.

Ein weiterer Blick auf die Uhr verrät mir, dass noch zehn Minuten übrig sind.

»Könnten wir es für heute sein lassen? Ben möchte nach Hause«, erkläre ich ihr.

»Natürlich. Wir sehen uns dann am Donnerstag wieder zur gleichen Zeit. Geht das in Ordnung für dich? Hier, den Zettel bitte unbedingt Samuel geben. Da steht der Termin drauf.«

Sie drückt mir ein kleines Kartonstückchen in die Hand, auf dem ein Kalender zu sehen ist. Ihr Name und – ich vermute mal – ihre Telefonnummer stehen auch darauf. Eine Drei bildet den Anfang der Zahlenfolge und am Ende steht eine Sieben. Sicherlich war der verwaschene Zettel, den ich in Sams Hose gefunden habe, ein Terminzettel von Linda. Eine Uhrzeit steht auch darauf: 10:00 Uhr, mit Leuchtstift markiert.

»Ich werde mich später auch telefonisch bei ihm melden. Kannst du das für mich ausrichten?«, fragt sie mich. Sie ist sichtlich gespannt, was ich darauf antworte.

»Ja, werde ich machen.«

Ich hole aus meiner Tasche einen kleinen Block und schreibe auf, was sie mir aufgetragen hat. Den kleinen

Karton schiebe ich dazwischen und stecke alles wieder in meine Jackentasche.

»Bis bald«, sage ich und nehme Ben zur Hand.

»Bis bald, Caroline und auf Wiedersehen, Benjamin«, erwidert sie.

. . .

Die Sonne strahlt und die Bordsteine sind noch feucht vom Morgenregen. Die Pfützen leuchten durch die Sonnenstrahlen und die Steine scheinen glatt zu sein.

»Hallo Caroline, wie ist es gelaufen?« Eine bekannte Stimme, die mich anspricht. Direkt hinter mir, als hätte sie die ganze Zeit vor der Tür auf mich gewartet.

»Emma! Gut, hast du alles bekommen, was du gesucht hast?«

Ich denke, sie verheimlicht mir etwas und Sam auch. Sie behandelt mich immer so, als wäre es das erste Mal, dass ich zur Psychologin gehe. Wann war ich das letzte Mal da? Vor einem Monat? Vor zwei? Vor einem halben Jahr? Sie wollen mir nicht sagen, dass in meinem Kopf etwas nicht stimmt. Warum wollen sie mir denn nicht sagen, dass mir einfach nichts im Kopf bleibt, wenn ich es nicht aufschreibe.

»Ja, sieh nur.«

Sie streckt mir ein kleines Säckchen aus Stoff entgegen. Für seine Größe scheint es recht schwer zu sein. Es sind mehrere Gegenstände darin, die gegeneinander reiben. Fast so, als wären es ganz viele kleine Steine, die lose darin rumliegen.

»Was ist das?«, frage ich sie neugierig.

»Für dich, meine Liebe«, erwidert sie und legt mir das Säckchen in die Handfläche.

Es ist – wie vermutet – wirklich schwer für seine Größe. Meine Vermutung wird sich bewahrheiten, das weiß ich jetzt schon.

Ich ziehe an den zwei Fädchen an der Öffnung, sodass sich das Säckchen öffnet und ich einen kurzen Blick ins Innere werfen kann.

Steine. Große, kleine, runde, eckige und verschiedenfarbige Steine.

»Danke, Emma, das wäre doch nicht nötig gewesen.« Verlegen sehe ich sie an und versuche dabei begeistert rüberzukommen.

Sie sehen fast so aus wie die, die ich in Cloes und meinem Büro auf dem Fensterbrett hatte. Nur noch mehr sind da drinnen.

»Emma, fährst du wieder mit dem Bus nach Hause?«

Wenn Emma mit nach Moosbach kommen würde, dann müsste ich nicht nachsehen, wann der nächste Bus kommt. Auswendig weiß ich es leider nicht und ich weiß auch nicht, wo ich nachschauen könnte. Früher habe ich das bestimmt auswendig gewusst. Das kann ich mir gut vorstellen. Sam hat immer wieder zu mir gesagt, ich solle mich erinnern, ich hatte doch sonst immer so ein gutes Gedächtnis.

»Natürlich fahre ich mit nach Moosbach, ich wohne doch auch da «, lächelt sie mir ins Gesicht.

Ich lächle zurück und sie dreht sich in die Richtung, aus der wir vorhin vermutlich gekommen sind. Ab und zu kann ich mir Sachen gut merken und dann wieder nicht. Es ist wie ein Lichtschalter in meinem Kopf, den jemand ständig ein- und ausschaltet. Ein Hin und Her.

. . .

Der Bus kommt dieses Mal pünktlich. Er ist älter als der von vorhin. Das kann ich an der Seite erkennen, an der sich die Folierungen schon lösen. Auch mehrere Kratzer verzieren den unteren Teil des Busses.

Eine leichte Brise Menthol steigt mir in die Nase. Möglicherweise hat die ältere Dame vor mir ein Bonbon gerade erst in den Mund genommen. Mir wird übel. Wie kann man so einen abscheulichen Geschmack im Mund haben?

Emma zieht abermals die zwei Kärtchen aus ihrer Jackentasche und gibt sie dem Herrn, der hinterm Steuer sitzt. Er sieht böse aus, als hätte er keine Lust zu arbeiten.

Wieder diese vier lauten Geräusche. Dann Stille.

Emma setzt sich neben mich und das ist auch gut so. Die Blicke der Leute durchlöchern mich. Auch wenn ich für viele nicht mehr sichtbar bin, kann ich es spüren, wie sie über mich reden und mich auslachen.

Guck mal, da ist die, die zu dumm zum Autofahren ist.

»Was für ein Zufall«, höre ich aus den vorderen Reihen.

Ich löse meinen Blick, der die Bushaltestelle mustert, und schaue in die Richtung, aus der die bekannte Stimme kommt.

Marie.

»Wir hatten vorhin nicht die Möglichkeit zu sprechen. Bitte hör mir kurz zu, Caro. Ich will mich nicht in dein Leben einmischen. Ich will dir auch nicht zu nahe treten, aber ich wollte euch nur mein Beileid aussprechen und ich glaube, das darf ich im Namen der ganzen Fam… «

»Beileid? Wofür?«, unterbreche ich sie.

Emma sieht sie an, als würde sie sie umbringen wollen. Jetzt, genau in diesem Moment. Ich verstehe nicht, was das zu bedeuten hat. Ich verstehe nicht, was sie von mir will.

»Marie, es sind so viele Plätze frei. Bitte setz dich doch auf einen, der etwas weiter entfernt von uns ist.«

Emma scheint wütend zu sein. So habe ich sie noch nie erlebt. Ich habe Emma noch nie wütend gesehen. Jedenfalls kann ich mich nicht daran erinnern.

Marie sieht mich an, dann Emma. Abwechselnde Blicke kreuzen sich und sie sieht hilflos aus. Fast schon so, als täte es ihr leid. Aber was tut ihr leid? Und warum wünscht sie uns ihr Beileid?

»Verschwinde, Marie, lass uns in Ruhe.«

Sie dreht sich um und setzt sich etwas weiter entfernt von uns hin. Ich blicke zu Emma, die meine Hände ansieht und dann schlagartig etwas in ihrer Tasche sucht. Blute ich etwa schon wieder?

Ich löse meinen Blick von ihr und schaue auf meine Hände. Sie reicht mir ein feuchtes Taschentuch und legt es schützend über meine Hände.

»Emma, was meint sie mit *Mein Beileid*? Wofür?«, frage ich sie vorsichtig.

»Dafür ist es noch zu früh, meine Liebe«, antwortet sie.

Warum nimmt sie mich ständig in Schutz? Was verheimlichen alle vor mir?

#VI

Siehst du es denn nicht? Ich sehe es die ganze Zeit. Die ganze Zeit habe ich es vor Augen. Ich weiß es. Warum willst du es nicht wahrhaben und warum willst du die Wahrheit nicht sehen?

Was ist daran so schlimm? Was ist so furchtbar daran, endlich die Augen geöffnet zu bekommen. Natürlich tut es weh und natürlich wird es noch eine Zeit lang wehtun, aber sie ist nicht vergessen. Die Vergangenheit ist da, ob du sie nun willst oder nicht.

Es ist nun fast schon ein Jahr her und du weißt nichts. Du weißt genauso viel, wie du wusstest, als du wieder aufgewacht bist. Ist das denn nicht wenig? Warum wolltest du es nicht sehen?

Weißt du, was mit dir passiert? Du weißt es. Tief im Inneren weißt du, wie es ist. Du willst es nur nicht sehen. Warum nicht? Es gehört zu dir. Es ist Teil deines Lebens, Teil deiner Geschichte. Genauso, wie ich Teil dieser Geschichte bin und war.

SIEBEN

MITTWOCHMITTAG

»Was wollt ihr heute essen?«, schreie ich durch das gesamte Haus.

Emma hat es sich auf der Couch gemütlich gemacht und Ben müsste oben im Zimmer sein. Jedenfalls höre ich, wie jemand im oberen Stock umherrennt.

Es hat abgekühlt. Die Sonne hat sich verzogen und die Wolken bilden nun eine Decke am Himmel. Raben kreisen über dem Grundstück und der Wind lässt die Äste der Bäume gegen das Haus schlagen.

Ich nehme mir fünf Holzscheite, um den Ofen im Haus zu entfachen. Heute werden wir sicher die Wärme des Ofens brauchen. Regen wurde heute zwar nicht gemeldet, aber abwarten. Das Wetter hier in den Bergen schlägt recht schnell um.

Im Wohnzimmer steht der Bauernofen, der das gesamte Haus wärmen soll. Überzeugt war ich davon ja noch nie, aber es gibt keine andere Möglichkeit, um das Haus zu wärmen. Der offene Kamin würde nur das Wohnzimmer beheizen, aber für schöne Abende zu zweit ist er ideal.

»Was wollt ihr jetzt essen?«, frage ich nochmals in die Runde, dieses Mal aber nicht schreiend.

Ben ist in der Zwischenzeit aus dem oberen Stock zu Emma ins Wohnzimmer gekommen. Er spielt mit seinen

Autos und lässt diese über eine selbst gebastelte Autobahn rasen.

»Nichts, was viel Mühe bereitet«, antwortet Emma.

Immer wieder dieselbe Antwort. Ich höre sie immer und immer wieder. Damit kann ich aber nichts anfangen. Was soll das bedeuten? *Nichts, was viel Mühe bereitet.*

»Nudeln mit Tomatensoße?«, schlage ich vor.

Immer wieder Nudeln. Was haben wir denn gestern gehabt?

Ich ziehe aus meiner Jackentasche mein kleines Heftchen, das ich seit Kurzem immer dabeihabe, und schlage die erste Seite auf.

Mittagessen, 01.09.
Spaghetti mit Pesto, weil Gemüsereis angebrannt ist

»Oh, ich sehe gerade, dass ich gestern schon Nudeln gekocht habe, weil der Reis angebrannt ist«, sage ich stolz zu Emma.

»Das ist richtig, meine Liebe. Trotzdem kannst du gern nochmals Spaghetti machen. Für mich kein Problem. Du musst auch bald los zur Arbeit«, erwidert sie.

Ruckartig blicke ich auf die klackende Wanduhr.

12:05 Uhr

Hastig schnappe ich einen Topf und fülle diesen mit Wasser. Der Baum draußen fesselt mich. Mir ist er vorhin noch nie so sehr aufgefallen wie jetzt gerade in diesem Moment. Seine Blätter liegen über den ganzen Boden verstreut und seine Äste sind kahl.

»Caroline?«

Schlagartig fasse ich mich wieder. Das kalte Wasser rinnt meine Hand nach unten. Der Topf ist jetzt mehr als voll. Ich stelle ihn im Waschbecken ab und trockne mir meine Hände. Danach schütte ich etwas Wasser wieder weg und stelle den Topf auf den Herd. Höchste Stufe aufdrehen und warten.

»Was hast du gestern bei der Arbeit gemacht?«, fragt mich Emma neugierig.

Ich weiß es nicht mehr. Ich habe keine Ahnung, was ich gestern gemacht habe. Das Einzige, woran ich mich erinnern kann, sind die Steine, die ich auf dem Fensterbrett gefunden habe.

Ein kurzer Blick ins Heftchen sagt mir, was ich bei der Arbeit getan habe.

Arbeit, 01.09.
Flyer für Naturfest gestaltet
Naturfest, Samstag, 05.09.

»Flyer für das Naturfest, das am Samstag stattfindet, habe ich gestaltet.« Stolz zeige ich auf den Eintrag, der allein auf einer leeren Seite steht.

»Sehr gut, Caroline«, lobt sie mich wie ein kleines Kind.

Das Wasser hinter mir fängt an zu kochen. Die heißen Wassertropfen kann ich auf meiner Haut spüren, denn meine Hand ist in unmittelbarer Nähe des Topfes. Die Nudeln fallen wie kleine Steinchen ins Wasser und verschwinden darin.

»Neun Minuten al dente«, flüstere ich vor mich hin.

In der Zwischenzeit hole ich drei Teller und drei Gläser aus dem Schrank. Dazu noch das Besteck und Servietten, in die ich es einwickle.

. . .

»Sehen wir uns heute Abend?«, frage ich sie und blicke abwechselnd zu Ben und Emma.

Ben nickt und Emma auch.

MITTWOCHNACHMITTAG

»Cloe, wo ist Sam?«, frage ich sie angespannt, bevor sie die Jacke nehmen wollte.

»Jemand hat angerufen, kurz bevor du gekommen bist. Ich glaube, es ist der Förster gewesen. Jedenfalls hat er dann dringend gehen müssen. Er hat gemeint, dass er ein Tier weinen gehört hat. Seit gestern wird doch das Fohlen vermisst, oder? Er hat seine Jacke genommen und ist durch die Tür verschwunden«, antwortet sie gewiss.

Ich blicke durch die Tür, auf die sie zeigt, so als würde er darin stehen. Doch da ist niemand. Ich kann mich noch daran erinnern, wie er gestern etwas über ein vermisstes Tier erwähnt hat, das er bis zum Abend noch nicht gefunden hat.

»Wohin ist er?«

»In den Graben am Kiesberg«, sagt sie.

Ich blicke auf die Uhr.

16:34 Uhr

Ich schnappe mir meine Jacke vom Haken und ziehe sie mir über. Es hat abgekühlt, das habe ich schon vorhin mitbekommen. Jetzt ist es noch kälter geworden als vorhin.

»Ich gehe zu ihm«, nuschle ich noch, während ich durch die Tür verschwinde.

»In Ordnung«, höre ich Cloe noch leise hinter mir.

Der Himmel ist nicht mehr so blau, wie er vorhin war, und die Sonne scheint auch nicht mehr so hell wie zu Mittag. Es ist still. Keine Autos, kein Hupen, abgeschieden von der Straße. Mitten im Nirgendwo sind nur Vögel zu hören. Die Vögel, die nicht in den Süden geflogen sind und hier überwintern.

Mit sicheren Schritten wandere ich den Berg hoch. Ich weiß, in welcher Schlucht sich Sam befindet. Zumindest glaube ich das. Ich war letzte Woche schon mal mit Sam da. Sie müsste sich am Ende dieses Weges befinden, der durch den Wald über eine große Wiese führt.

Ich schrecke auf und mache einen Schritt nach hinten. Ein Fuchs kreuzt meinen Weg. Was macht der um diese Jahreszeit noch hier? Müsste er nicht auch schlafen? Ich weiß es nicht.

Friedvoll, aber in Eile wandert er quer über den Weg von einem Baum zum nächsten. Jetzt sehe ich, was er will. Er jagt ein Eichhörnchen, das von Ast zu Ast springt und sich so fortbewegt.

»Mama?«, höre ich eine Stimme hinter mir rufen.

»Ben, mein Schatz, bist du das?«

Seine Stimme hört sich weit entfernt an. Was macht er hier im Wald? Er sollte doch zu Hause bei Emma sein.

Ich drehe mich nach hinten um. Mein Blick wandert zwischen den Bäumen hindurch von links nach rechts. Niemand.

»Ben, wo bist du?« Abermals versuche ich eine Antwort von ihm zu bekommen.

»Mama, pass auf, die böse Frau ist auch im Wald.«

Nochmals höre ich Bens Stimme. Nochmals blicke ich durch die ganzen Bäume. Mein Herzschlag schlägt mir bis in den Hals und pocht in meinem Kopf. Mein Atem wird schneller. Warum ist Ben im Wald? Was macht er hier?

»Ben, mein Schatz, wo bist du?«, versuche ich herauszufinden.

Stille.

Ich bewege mich rasch in die Richtung, aus der ich vermute, die Stimme gehört zu haben. Ich muss meinen kleinen Jungen finden. Er darf nicht allein im Wald sein. Es wird bald dunkel. Die Dämmerung hat schon eingesetzt und es hat rasant abgekühlt.

»Ben?«

»Mami, pass auf dich auf.«

Ich muss näher kommen. Die Stimme ist klarer als vorhin. Für einen kurzen Augenblick halte ich nochmals inne und versuche mir einen klaren Überblick über die ganze Situation zu verschaffen. Ben ist hier. Ben ist im Wald. Allein.

Mit zusammengekniffenen Augen versuche ich in die Ferne zu blicken. In der Lichtung sehe ich jemanden stehen. Das muss er sein.

Mit schnelleren Schritten gehe ich auf die Lichtung zu. Ich lasse diese Gestalt nicht aus den Augen. Ich lasse *ihn* nicht mehr aus den Augen. Was macht er hier?

Das Galoppieren wird lauter. Hinter mir treten schwere Hufe auf den harten Boden. Ruckartig drehe ich mich nach hinten um und springe zur Seite. Ein Pferd rennt den Hügel nach oben und hätte mich fast umgerannt.

»Aua, verdammt«, fluche ich.

Blut tropft über meine Handfläche nach unten und auf das Laub, das auf dem Boden liegt. Das Gelb der Blätter wird zu einem Rot. Ich blicke auf meine Hand, die allmählich weiß wird. Mir wird schlecht. Ich glaube, ich muss mich übergeben.

Die kalte Luft brennt in meinen Lungen und ein starkes Dröhnen durchbohrt meinen Kopf. Ein lang gezogener Piepton macht sich bemerkbar und ich übergebe mich. Es fühlt sich so an, als hätte ich Fieber bekommen. Von einem Moment auf den anderen.

Ich versuche mich irgendwo festzuhalten, aber nichts um mich herum ist in greifbarer Nähe. Schwarz und Weiß wechseln sich in meinem inneren Auge ab und ich falle nach hinten.

Es ist dunkel geworden. Meine Hand ist vor dem bloßen Auge nicht mehr zu erkennen. Wie lange war ich weg? Vermutlich nicht lange, denn ein rascher Blick auf meine Handfläche zeigt mir, dass ich noch immer blute.

Rasch fange ich mich wieder. Ben ist hier draußen. Ich kann ihn sehen.

»Ben?« Die Lichtung ist wieder leer.

Rasch hole ich mein Telefon aus meiner Seitentasche. Ein großer Sprung kennzeichnet das Display. Während ich gefallen bin, muss ich es beschädigt haben, aber das ist jetzt relativ.

»Emma? Emma, ist Ben bei dir?«, schreie ich mit zitternder Stimme ins Telefon.

»Was ist denn passiert, Caroline?«

»Ben? Emma, wo ist Ben?« Nochmals versuche ich ihr mein Anliegen zu erklären.

»Ben schläft, Caroline. Ich habe ihn vorhin ins Bett gebracht«, hallt es aus dem Telefon.

»Kannst du bitte schnell nachsehen, ob er da ist? Bitte, Emma, sofort«, stresse ich sie.

»Ja, mache ich.« Aus dem Telefon ist die knarrende Treppe zu hören, die in den oberen Stock führt.

Tiefes Ein- und Ausatmen ebenfalls. Eine knarrende Tür, die auf- und wieder zugeht. Nochmals tiefes Ein- und Ausatmen. Dann wieder die knarrende Treppe.

»Ben schläft, Caroline. Was ist los?«, fragt sie mich mit einer leichten Besorgtheit in ihrer Stimme.

»Nichts, Emma. Ich wollte nur sichergehen, dass alles in Ordnung ist.« Ohne die Sache von vorhin zu erwähnen, versuche ich, ihr es anders zu erklären.

»Du weißt doch, dass ich anrufe, wenn was ist, oder?«, versucht sie mich zu beruhigen.

»Ja, ich weiß, danke Emma. Ich muss nachsehen, wo Sam bleibt. Könntest du etwas länger bleiben?«

»Das ist nie ein Problem gewesen«, antwortet sie mir.

»Danke, Emma, du bist die Beste.«

»Pass auf dich auf, Caroline«, höre ich sie aus dem Telefon.

»Immer«, entgegne ich ihr, »bis später.«

Ich schalte die Taschenlampe meines Handys ein und beginne den weiteren Aufstieg. Auf dem Boden sind die Abdrücke des Pferdes zu sehen, das mich vorhin fast mitgenommen hätte.

In den Wolken, die über mir sind, leuchten Blitze. Leichtes Grollen macht sich bemerkbar und ich denke, dass es bald regnen wird.

Meine Seite sticht. Ich bin ziemlich außer Übung mit Bergsteigen. Rascheln auf der linken Seite und ein Schreien eines Tieres auf meiner rechten. Das entspannt die ganze Situation auch nicht.

Ich höre es. Ich höre das Fohlen schreien.

»Sam?«, rufe ich in die Dunkelheit hinein und hoffe, dass er antwortet.

»Caro? Was machst du hier?«

Ich folge dem Seil, das an einem Baum angebunden ist und in die Schlucht führt. Ein Blick über die Kante verrät mir, dass Sam dort unten ist. Das Fohlen auch, denn fürchterliche Schreie sind daraus zu entnehmen.

Vorsichtig leuchte ich die Schlucht hinab, in der Sam mit dem Fohlen sitzt. Er hat den Klettergurt immer noch an und kauert auf dem Boden, ungefähr drei Meter unter mir.

»Wie geht es dem Fohlen?«, schreie ich nach unten.

Ein, zwei Tropfen spüre ich sanft auf meinem Gesicht. Weitere rieseln auf meine Jacke. Es fängt an zu nieseln und der Wind wird stärker. Er pfeift durch die Äste und der ganze Wald fängt an zu knacksen. Vermutlich brechen die schwachen Äste ab und fallen zu Boden.

»Caro, was machst du hier?«, faucht er mich jetzt an.

»Ich wollte nach dir sehen. Cloe meint, du bist hier. Ich will doch nur helfen«, erkläre ich ihm.

»Es gibt nichts zu helfen«, antwortet er.

Das Fohlen liegt auf dem Boden. Es hat sich vermutlich den Fuß gebrochen. Der Knochen sticht raus. Ich drehe mich zur Seite. Ich halte mir die Hand vor meinen Mund und versuche, mich nicht zu übergeben.

»Sam?« Rechts von mir nehme ich eine Stimme wahr, die mir nicht vertraut ist.

Ich leuchte den Weg entlang, aus der sie kommt, und bemerke einen großen Mann, der einen langen, schwarzen Regenmantel trägt. Sein Gesicht wirft Schatten und es ist nur ein langer, dunkler Vollbart zu erkennen. Seine Regenstiefel schwappen im feuchten Gras und seine Schritte sind sicher und gezielt.

»Wie geht es dem Fohlen?«, fragt er Sam.

»Wir müssen es erlösen«, antwortet er.

Mein Blick wechselt zu Sam, der in der Schlucht steht und den gruseligen Mann ansieht. Habe ich das gerade richtig verstanden? Er will das Fohlen umbringen?

»Aber warum denn?«, frage ich schockiert.

»Caro, es ist besser, wenn du jetzt gehst. Geh nach Hause zu Ben«, erklärt mir der Mann, der neben mir steht.

Warum kennt er meinen Namen? Wer ist dieser Mann?

Ich bewege mich kein Stück. So viel steht fest. Immer heißt es – *Caro, tu das; Caro, geh weg; Caro, mach das.* Ich habe keine Lust mehr, mich wie ein kleines Kind behandeln zu lassen. Immerhin bin ich 36 Jahre alt und keine 8 mehr.

»Warum behandelt ihr mich so, als wäre ich ein Kind?«, frage ich frustriert.

Ich muss kämpfen. Meine Augen füllen sich mit Tränen. Ich kann es spüren und mein Blick wird schlagartig verschwommen.

»Alle behandeln mich so, solange ich mich zurückerinnern kann«, flüstere ich.

»Das ist nicht wahr, Caro. Es ist nur das Beste für dich, wenn du jetzt gehst. Du wirst das bestimmt nicht sehen wollen«, antwortet Sam von unten.

»Aber warum tut ihr das? Es lebt doch noch«, schluchze ich und zeige dabei auf das Fohlen, das im Graben keinen Ton mehr von sich gibt.

»Es leidet, Caroline. Siehst du es denn nicht? Es hat Schmerzen und der Bruch ist unheilbar«, versucht mir der Fremde zu erklären.

Noch im selben Atemzug reicht er Sam ein langes, dunkles Rohr. Ich zucke zusammen. Es ist ein Gewehr, genauer gesagt eines zum Jagen.

Sam bewahrt auch eines zu Hause auf. Es gehörte meinem Opa, hat einen schwarzen Lauf und ist mit einem dunklen Holz umrandet.

Nicht so wie dieses. Erst jetzt erkenne ich die filigranen Umrisse. Kleine Details sind an der Seite eingeritzt und ein Name. Mirco steht darauf. Vermutlich heißt der Fremde so und es gehört ihm.

Das Licht, das auf die Waffe gerichtet ist, wechselt zu mir und leuchtet mir direkt in mein Gesicht. Es blendet und ich halte aus Reflex meine Hand in das Licht, um es von meinen Augen abzuwenden.

»Ich werde mit Caroline ein Stück gehen. Kommst du hier allein zurecht?«, fragt er Sam.

»Ja, ich denke, es dürfte kein Problem sein.«
Mirco reicht ihm die Waffe und Sam nimmt sie dankend an. Mirco legt schützend seine Hand auf meine Schulter und dreht mich in Richtung Waldgrenze, in die wir uns auch jetzt bewegen.

Schreie des Fohlens sind abermals zu hören.

Ein Gewehr, das lädt.

Ein Schuss.

Dann Stille.

Nur die Stimme von Mirco hallt mir durch die Ohren. »Wie geht es Benjamin, Caroline?«

Die tiefe, angsteinflößende Stimme, die mich wieder auf den Boden der Realität zurückholt.

»Gut, gut«, sage ich so vor mich hin. »Entschuldige die Frage, aber woher kennen wir uns?«, frage ich ihn frech.

»Wir kennen uns nicht«, antwortet er, »aber ich bin ein guter Freund von Samuel.«

»Okay«, sage ich.

Sein Blick mustert mich von oben bis unten. Aus dem leichten Nieselregen wird nun Regen. Das Wasser tropft über meine Jacke nach unten auf den schon aufgeweichten Boden der Natur. Der Wind hat aufgehört zu pfeifen und es weht nur mehr ab und zu ein kleiner Hauch, der meine Wangen streichelt.

An meinem ganzen Körper spüre ich, wie sich die Härchen aufstellen. Kleine Stoppel bilden sich und ein kalter Stich kreuzt meine Wirbelsäule. Als würde er versuchen mich zu röntgen, treffen mich seine Blicke tief unter meiner Haut.

»Ich sollte gehen«, nuschle ich vor mich hin, ohne einen Blickkontakt zu ihm zu suchen.

»Soll ich dich ein Stück begleiten?«, bietet er mir an.

Ich schüttle den Kopf.

Das ist das Letzte, was ich gerade möchte. Eine Person in meiner Nähe zu haben, die ich nicht mal kenne und nicht einordnen kann, brauche ich gerade wirklich nicht. Mein Leben läuft schon so drunter und drüber.

»Sicher?«, fragt er nach und packt meine Hüfte.

»Ja, ich bin mir sicher«, versuche ich ihm mutig zu erklären.

»Mirco?« Sam pfeift ihn zu sich, als wäre er ein Hund.

Er leuchtet zu uns rüber und kontrolliert die Situation, die er wahrscheinlich nicht einschätzen kann. Der Regen ist in dem Licht zu erkennen. Tropfen, die auf die Erde prallen und die ich förmlich hören kann.

In meiner Jackentasche fühle ich das Säckchen, das mir Emma heute Vormittag überreicht hat. Es fühlt sich schwer an und die Bänder sind noch so wie am Vormittag. Geschlossen.

»Ich werde mit Caro gehen. Kommst du hier zurecht?«, fragt Sam mit einem etwas befehlerischen Ton.

»Ja, ich denke schon«, meint Mirco, während er die Hand von mir nimmt und auf ihn zugeht.

. . .

Emma ist gegangen und Ben schläft. Ich bin mittlerweile jetzt schon das dritte Mal hochgegangen um nachzusehen, ob er noch da ist. Als würde er sich die ganze Nacht nicht bewegen, liegt er immer noch in derselben Position da.

»Wie oft willst du noch in das Zimmer gehen?«, fragt mich Sam schon leicht genervt.

»Bis ich mir sicher bin, dass mein kleiner Junge in Ordnung ist.« Der erste Satz, nachdem er das Fohlen erschossen hat.

Sam sieht mich an, als könnte er durch mich hindurchsehen. In seinen Augen ist eine leichte Anspannung zu erkennen. Vielleicht ist er – aus einem mir nicht bekannten Grund – wütend auf mich. Vielleicht habe ich irgendetwas falsch gemacht, nur weiß ich nicht was. Jedenfalls behandelt er mich schon seit Tagen so komisch.

Ohne ihn weiter zu provozieren, lege ich mich zu ihm ins Bett und kuschle mich unter die Decke. Sie ist kalt und sticht wie tausend kleine Nadeln in meine nackte Haut.

Er öffnet seine Bettdecke, die bereits vorgewärmt ist, und lässt mich zu ihm kriechen. Sogleich fühle ich mich besser und schließe meine Augen.

VII

Denkst du, das Fohlen hat sehr gelitten, als er es erschossen hat? Hatte es Schmerzen oder warum hat er nicht versucht, es zu retten? Ich denke, dass alles in deinem Leben einen Sinn hat. Mal verstehst du es, mal denkst du, es sei unfair. Ich denke, dass er wusste, was er da tut, auch wenn es grausam war.

Wovor hast du Angst, wenn es draußen dunkel wird? Vor der Realität, wie sie sich entwickelt hat oder vor dem, was du noch nicht weißt? Vor dem, was du weißt oder vor dem, was du noch erkennen musst?

Du willst diese Frage nicht beantworten, oder? Ich denke, du kannst sie nicht beantworten. Aber es wird die Zeit kommen, in der du alles wieder so siehst, wie es einmal war. Da bin ich mir ganz sicher. Es wird einfach noch eine sehr lange Zeit dauern.

Die böse Frau ist immer bei dir, das weißt du wahrscheinlich. Ich fühle, wie du Angst hast. Angst vor allem und jedem. Auch vor mir? Vor mir brauchst du keine Angst haben. Ich werde dir nichts tun, sondern werde dich nur beschützen, dich Schritt für Schritt verfolgen und immer an deiner Seite bleiben. Auch, wenn du das nicht willst. Auch, wenn du mich nicht mehr willst.

ACHT

MITTWOCHNACHT

Alles dreht sich, als ich nach Hause komme. Meine Hände sind voll Blut und eiskalt. Mein Herz rast und mein Atem stockt, als ich durch die Tür gehe. Was ist passiert und was ist mit mir passiert?

Meine Jacke ist zerfetzt. Stücke davon hängen an meinem Arm runter und meine Jeans sieht aus, als hätte ich mit einem Hund gekämpft. Am Knie ist eine offene Stelle, aus der es blutet, und auch die Schuhe, die ich anhabe, sind kaum mehr wiederzuerkennen. Ich schätze, dass es die weißen sind, die ich immer so gern trage. Mit kleinen aufgemalten, dunklen Blümchen an der Seite und Strasssteinen. Steine kleben keine mehr darauf und weiß sind sie auch nicht mehr. Dunkle Flecken schmücken jetzt die Schuhe und Blutspuren zieren sie.

»Sam? Ben?«, versuche ich mit aller Kraft zu schreien, doch es kommt kein Ton raus.

Ich stütze mich am alten Holz der Tür ab und rutsche aus. Aua! Ich habe mir einen Splitter eingefangen. Er sitzt tief und ist genau in eine offene Wunde eingedrungen.

Wo sind denn alle? Das gesamte Haus ist dunkel, genau wie draußen. Nur der Mond scheint und erhellt den Himmel. Zu wenig, dass ich im Haus etwas sehen kann, also schlage ich auf den Lichtschalter neben mir.

Das Haus sieht verwüstet aus. Klamotten liegen kreuz und quer auf dem Boden verstreut und auf dem Geländer des Treppenhauses liegt ein BH.

»Sam? Ben?« Abermals versuche ich einen Laut von mir zu geben, doch wieder nichts.

In der Küche brennt das kleine Licht am Waschbecken. Das habe ich von draußen nicht erkennen können und schon gar nicht vom Flur. Es fängt an zu flackern und droht zu erlöschen.

Es liegt ein leicht süßlicher Duft in der Luft. So einer, den Cloe immer trägt. Ein Zettel liegt auf dem Tisch, vermutlich von Sam. Er hinterlässt mir immer wieder kleine süße Nachrichten und schenkt mir damit sehr viel Aufmerksamkeit.

Ich schleppe mich ins Bad, um mir das Blut von den Händen zu waschen und stolpere. Meine Hände zittern und ich kann keinen klaren Gedanken mehr fassen. Alles dreht sich und dann wache ich wieder auf.

. . .

Ruckartig schnellt mein Oberkörper in die Höhe. Schweiß rinnt meine Wange entlang nach unten und mein Herzschlag schnürt mir die Kehle ab. Er pocht in meinem Kopf und in meinem Hals, als würde mich jemand würgen.

Sam schläft friedlich neben mir und macht auch nicht den Anschein, dass er bald aufwachen würde. Es ist dunkel im Zimmer, nur das Nachtlicht, das seit dem Unfall bei uns brennt, leuchtet die Bettseite aus.

»So ein furchtbarer Traum«, murmle ich vor mich hin.

Ben weint. Ich kann ihn leise durch das stille Haus hören. Das Haus ist still? Seit wann macht es keine Geräusche mehr? Etwas ist immer zu hören. Sei es der Dachboden, in dem sich die kleinen Waschbären verstecken, oder der tropfende Wasserhahn im Bad.

Der lange und dunkle Flur erdrückt mich. Das Licht der Taschenlampe macht es auch nicht angenehmer, diesen entlangzugehen. Sie flackert. Vermutlich sind die Batterien fast leer. Anders kann ich es mir nicht vorstellen. Ich klopfe die kalte Taschenlampe in meine zerkratzte Handfläche, bis sich das Licht wieder stabilisiert.

»Endlich«, flüstere ich leise und wende meinen Blick wieder zum Kinderzimmer.

Die Tür lässt sich schwer öffnen. Es scheint so, als würde sie jemand von innen zudrücken. Durch den Spalt versuche ich Ben zu erklären, dass ich es bin und dass er bitte öffnen soll. Keine Reaktion.

»Ben?« Ich leuchte durch den Schlitz auf das Bett, in dem Ben liegt. Wer hält dann die Tür zu?

Ich lehne mich mit aller Kraft gegen die Tür, die sich wie Blei anfühlt. Sie ist kalt, kälter als der Rest des Raumes.

»Ben, öffne die Tür!«, befehle ich ihm.

»Sam?«, rufe ich den Gang entlang und halte meine Taschenlampe darauf.

Ich zucke zusammen. Sam steht bereits im Flur und bewegt sich mit vorsichtigen Schritten auf mich zu. Er beeilt sich nicht und er macht auch nicht den Eindruck, als würde er es demnächst tun.

»Sam … bitte … schnell!«, atme ich schneller und schneller und versuche so nach Luft zu schnappen. Die

Tür hat sich nicht weiter geöffnet und ist immer noch in der Position, wie sie vorhin war.

Ein Blick in Bens Schlafzimmer verrät mir, dass er nicht mehr im Bett liegt. Er ist weg. Im selben Moment öffnet sich die Tür, die meine Schulter stützt und ich falle in das dunkle, eiskalte Zimmer.

Schritte sind hörbar. Direkt über mir. »Hörst du es denn nicht, Sam?«, versuche ich aus meiner engen Kehle herauszuquetschen, aber es gelingt mir nicht. Ich leuchte durch das Zimmer. Leer. Still. Niemand mehr da.

Es scheint so, als wären die Schritte nicht mehr zu hören. Das muss Ben sein, aber was macht er auf dem Dachboden?

»Sam?« Ich zeige auf die Decke.

»Genug mit dem Humbug«, jammert er und schaltet das Licht im Flur an.

Es blendet und auch wenn ich mir die Augen zusammenkneife, brennt es.

»Hast du es denn nicht gehört?«, frage ich ihn enttäuscht.

»Da ist niemand.«

»Und Ben?«

»Ben auch nicht.«

Er reicht mir seine starke Hand und bittet mich aufzustehen.

»Geh ins Bett, Caro. Es ist erst 01:30 Uhr.«

Die Schritte über uns sind wieder da und jemand rennt sehr schnell zum zur Luke des Dachbodens, die sich nur von außen öffnen lässt. Die Schritte verschwinden dann, als wären sie nie da gewesen. Dieses Mal konnte ich es sehen. Er hat es auch gehört, denn er hat sie wie ich verfolgt.

»Ich wusste, dass ich nicht verrückt bin«, sage ich hämisch.

»Geh ins Bett«, befiehlt er mir in einer sehr aggressiven Art.

Ich blicke dem langen Flur ins Auge. Die Luke, vor der ich solche Angst habe, befindet sich etwas weiter entfernt von unserer Schlafzimmertür – um genau zu sein zwei Schritte weiter entfernt.

Tapfer versuche ich den Flur entlangzugehen, ohne den Anschein zu erwecken, dass ich Angst habe, denn die habe ich und zwar fürchterliche.

Wie ich gehen auch die Schritte über mir. Einen Schritt nach dem anderen höre ich auf dem Boden aufprallen. Das bilde ich mir doch nicht ein. Da ist doch jemand.

»Sam, ich will, dass du die Polizei rufst. Ansonsten mach ich es«, schreie ich mit zitternder Stimme.

»Wirst du nicht!« Sein schroffer Ton durchbohrt jeden einzelnen Knochen in mir.
Ich zucke zusammen und drehe mich um. Er steht plötzlich und ohne Vorankündigung hinter mir.

»Ich werde nachsehen«, versucht er sich noch aus der Situation zu retten.

. . .

Das Bett ist warm. Auch wenn ich noch zu kalt habe, spüre ich es. Die knarrende Luke lässt mein Blut in meinen Adern frieren und macht die Situation auch nicht besser. Sam geht die Stufen nach oben und bei jedem

Schritt schrecke ich auf und grabe mich noch tiefer in die Decke.

Sam flüstert. Warum flüstert er? Wer ist mit ihm auf dem Dachboden?

Vorsichtig lege ich die Decke zur Seite und setze einen Fuß auf dem kalten Fußboden ab. Ich schleiche mich nach draußen und steuere die heruntergelassene, eiserne Treppe an.

Ein Schritt nach dem anderen ist auf dem Dachboden zu hören und urplötzlich steht Sam in der Öffnung. Er muss mich schon wahrgenommen haben. Durch den Schatten in seinem Gesicht, den die Taschenlampe verursacht, sieht sein Gesicht so zornig aus, als würde er nicht aus dieser Welt kommen.

Ich schrecke auf und setze den Schritt, den ich bereits gemacht habe, wieder zurück.

»Was geht da vor sich?«, versuche ich ihn zur Rechenschaft zu ziehen.

»Nichts«, sagt er und steigt die Treppe wieder herab.

»Ich werde da jetzt hochgehen und mir ansehen, was sich dort oben befindet. Du kannst mich nicht aufhalten«, drohe ich ihm.

»Da oben ist nichts, aber bitte geh selbst nach oben«, schreit er, als würde er jemanden warnen wollen. Die herausstehenden kleinen Löcher der eisernen Treppe bohren sich in meine Fußsohlen. Jedes einzelne Loch ist zu spüren und erschwert mir den Aufstieg zunehmend. Es sind nicht viele Stufen, aber es fühlt sich für mich so an, als wäre es eine Ewigkeit da rauf.

»Hier, die wirst du brauchen«, sagt Sam hinter mir und überreicht mir die Taschenlampe, mit der er vorhin hochgegangen ist.

Ich nehme sie an mich und schalte die höchste Stufe ein. Zuerst leuchte ich die Decke an, an der ich nichts entdecken kann. Dann leuchte ich in die Ecke des Raumes, in der eine große Truhe steht. Was sich dort drinnen wohl befindet?

Sehr viel Gerümpel steht dort. Vermutlich sind das die ganzen Sachen, die wir nie brauchen. Oder auch die Zeitungsartikel, die es doch von meinem Unfall gibt.

»Und? Was habe ich dir gesagt? Da ist niemand«, will sich Sam vergewissern, dass ich doch niemanden gefunden habe.

Ich leuchte in die andere Ecke des Raumes, in der nur ein alter Spiegel steht, der mit einem Laken verdeckt ist. Daneben sind alles Büsten. Vermutlich war die alte Vorbesitzerin des Hauses Schneiderin und konnte sie nicht mehr verkaufen, bevor sie starb.

Während ich mich frustriert nach unten bewege, leuchtet mich ein kleiner, violetter Stein an. Die Taschenlampe fängt an zu flackern. Die Batterie müsste gleich leer sein.

Ich greife mir den Stein, der nur etwas weiter entfernt von der Öffnung liegt, und gehe die Stufen wieder nach unten.

»Du hast recht gehabt. Da ist niemand.«

»Hab ich doch gesagt«, lächelt er und sein Atem klingt erleichtert.

Von dem Stein werde ich ihm erst mal nichts sagen, denn ich weiß, wem der gehören könnte. Emma. Aber was würde Emma auf dem Dachboden suchen? Vielleicht hätte sie Interesse an den Büsten. Sie gestaltet sich doch immer alles gerne selbst.

»Genug Aufregung für heute, meinst du nicht, Caro?«

Vermutlich hat er recht. Im Laufe des Tages ist sehr viel passiert und es ist Zeit schlafen zu gehen.

#VIII

Du vermutest, dass es Emma war, oder? Hast du jetzt Angst vor ihr? Sie hat wahrscheinlich nur etwas auf dem Dachboden gesucht. Etwas, das sie verloren hat, womöglich schon vor langer Zeit.

Tante Emma ist eine so liebevolle Person. Meinst du nicht auch?

Er verbirgt etwas vor dir und du weißt das, aber du kannst nicht sehen was? Was war und wie es jetzt ist, kannst du nicht sehen. Du siehst nicht, wem du vertrauen kannst und wem nicht. Vielleicht kommt das noch mit der Zeit. Vielleicht findest du auch den Brief, den du noch nicht suchst oder unbewusst gesucht hast.

Welchen Brief? Vielleicht eine Klarstellung oder einen Brief, den du persönlich verfasst hast. Solange du nicht zu dir selbst findest und den Tatsachen ins Auge blicken kannst, wie sie jetzt sind, wirst du vermutlich gar nichts finden und wochenlang, wenn nicht jahrelang nach etwas greifen, das nicht da ist.

NEUN

DONNERSTAGMORGEN

Schwach kann ich Sams Wecker wahrnehmen. Bestimmt war das gerade der erste Wecker. Er kann nicht mit einem aufstehen so wie ich, sondern braucht dafür immer gefühlt zehn Stück und das in einem Abstand von maximal fünf Minuten. Ich wollte ihn schon öfters überreden, dass er sich denselben Klingelton auswählen sollte wie den, der ertönt, wenn er angerufen wird. Da steht er nämlich sofort neben dem Bett.

Man kann es ihm aber auch nicht verübeln. Sein Weckton besteht aus schrillen Tönen – untermalt mit einem plätschernden Bach. Die Krönung sind dazu zwitschernde Vögel.

Die Vorstellung daran lässt mich schmunzeln. Dass so ein starker Kerl auch mal einfühlsam sein kann, sehe ich immer wieder.

Er packt mich an meiner Hüfte und zieht mich zu sich. Dann küsst er mich zärtlich auf meine Stirn, anschließend auf meine Lippen. »Ich liebe dich«, flüstert er mir in mein Ohr.

Ich muss wohl immer noch träumen, denn das hat er seit einer Ewigkeit nicht mehr gemacht. Im Gegenteil. Mir kommt es so vor, als würden wir uns rasend schnell voneinander entfernen.

»Wie hast du geschlafen?«, frage ich ihn, während er langsam die Augen öffnet und in meine schaut.

»Gut. Und du?«

»Auch.«

Er drückt auf einen Knopf, der dafür sorgt, dass die Uhrzeit auf die Decke projiziert wird.

06:25 Uhr

Es wird Zeit. Er gibt mir noch einen abschließenden Kuss auf meine Stirn und stellt sich nackt, so wie Gott ihn schuf, vor mich hin.

Auch wenn ich um diese Zeit noch nicht arbeiten muss, stehe ich meistens mit ihm auf, denn ich muss noch in den Stall zu den Hennen. Die Eier hole ich zwar erst etwas später, da sie erst im Laufe des Vormittages legen.

Angezogen gehen wir gemeinsam in die Küche. Er voraus und ich hinterher. Die Sonne kommt langsam zum Vorschein, denn hier auf dem Berg gibt es kaum Hügel, die sie verdecken könnten.

Sam setzt sich an den Küchentisch und während ich die Kaffeemaschine einschalte, blicke ich nach draußen. Draußen sieht es sehr kalt aus. Jedenfalls fühlt es sich so an, wenn ich in den Vorhof blicke.

»O Gott, Sam!«, schreie ich, zucke dabei zusammen und lasse die Kaffeetasse – seine Kaffeetasse – auf den Boden fallen.

Die Hühner sind in einem Kreis im Vorhof angeordnet. Darin ein großes Zeichen oder Symbol, das ich vorher schon einmal gesehen habe. Es war das, welches in einem der Hölzer eingeritzt gewesen war. Aber was bedeutet das?

Es scheint, als wären alle tot. Alle zwölf, die wir hatten, einfach so abgeschlachtet. Wer würde denn so etwas tun? Sie regen sich nicht mehr, nur der leichte Wind des Himmels lässt die Federn der leblosen Körper flattern.

»Auch das noch«, murmelt Sam.

Er kann es auch sehen. Ich habe mir also weder die Zeichen noch das ganze Grausame wie das mit den Vögeln zuvor nur eingebildet. Es ist alles real und ich bin nicht verrückt.

»Fuchs?«, stammle ich vor mich hin.

»Nein, eher ein Marder«, antwortet er mir. »Ein Fuchs hätte die Hühner mitgenommen und ein Marder saugt nur das Blut aus ihnen heraus. Das erklärt aber noch nicht, warum sie im Vorhof liegen.«

Man merkt ihm die Anspannung an. Dass er nicht genau den Grund dafür weiß, macht ihn nachdenklich. Immer noch auf den Kreis mit den toten Tieren starrend, erwische ich mich dabei, wie mir eine Träne über die Wange läuft.

Ohne einen Kaffee getrunken zu haben, wirft er sich die Jacke über seine Schulter, schlüpft in seine Stallstiefel und verlässt wortlos das Haus. Was passiert hier nur?

Sam begutachtet die Tiere, bevor er sie mithilfe des Spatens auf den Schubkarren und anschließend auf den Misthaufen wirft.

Den größten Teil der Scherben, die ich verursacht habe, versuche ich mit meiner Hand aufzusammeln. Eine größer als die andere.

»Mama?«

Ich zucke zusammen. Blut läuft sogleich über meinen Finger nach unten und tropft auf den kalten Fußboden.

Ich blicke auf und kann Ben im Türrahmen stehen sehen.

»Ja, mein Schatz.«

Noch während er mir antworten kann, hole ich ein Stück von der Küchenrolle und binde mir dieses um meinen blutenden Finger.

»Hast du gesehen, wer das war?«, fragt mich Ben.

»Was denn?«, frage ich geschockt.

»Das mit den Hühnern?«

Er muss es mitbekommen haben oder hat es aus seinem Fenster gesehen, das direkt auf den Hof schaut. Anders kann ich mir nicht erklären, wie er es herausgefunden hat.

»Nein, weiß ich nicht. Du etwa?«, frage ich ihn, ohne eine Antwort darauf zu erwarten.

Das Zeichen in der Mitte des Kreises macht Sam mit seinen Stiefeln unkenntlich. Mit hastigen Bewegungen schwenkt er seinen Fuß hin und her, so als hätte er Angst davor, dass es jemand sehen könnte.

»Ja«, meint Ben, »ich weiß es.«

Ich wende meinen Blick ab und versuche Ben zu finden. Er steht nicht mehr im Türrahmen und ist auch in der gesamten Küche nicht mehr aufzufinden. Auch als ich in das Wohnzimmer gehe, finde ich ihn dort nicht.

Womöglich hat er den Marder dabei beobachtet, wie er die Tiere aus dem Gehege gezerrt hat. Vielleicht hat er es auch geträumt oder vielleicht bildet er sich ein, dass er es gesehen hat.

Der Besen aus der Kammer ist nicht mehr der beste. Er ist alt und das Holz, das als Stiel dient, ist schon abgegriffen.

»Hallo Emma«, höre ich Sam hinter mir sagen.

Emma? Wie spät ist es eigentlich? Emma sollte doch erst etwas später kommen, um auf Ben aufzupassen. Dass sie jetzt schon hier ist, verwundert mich.

Ich drehe mich um und kann tatsächlich Emma neben Sam stehen sehen. Ein Blick auf die Uhr verrät mir, dass es noch viel zu früh ist. Warum konnte ich sie nicht kommen sehen? Ich habe doch die meiste Zeit nach draußen gestarrt.

»Guten Morgen, ihr beiden«, lächelt sie uns an.

Ich greife in die Hosentasche meiner Trainingshose und kann den Stein, den ich gestern gefunden habe, fühlen. Den habe ich schon ganz vergessen, aber schlagartig fällt mir wieder alles von gestern Abend ein.

»Guten Morgen, Emma, gefallen dir die Büsten auf dem Dachboden?« versuche ich herauszufinden.

Sam wechselt schlagartig den Blick zu Emma, welche die Frage nicht so schockiert wie Sam. Er weiß, was auf dem Dachboden war, und ich vermute, dass sie es auch weiß.

»Die auf dem Dachboden«, ergänze ich, da keine Antwort kommt.

Emma legt sich noch die Worte im Mund zurecht, bevor sie mir antwortet.

»Du hast Schneiderpuppen auf dem Dachboden?« Sie scheint fasziniert zu sein. »Die müssen noch von der Vorbesitzerin übrig geblieben sein«, ergänzt sie trocken darauf.

»Kaffee?«, frage ich in die Runde, um die Atmosphäre, die ich geschaffen habe, etwas aufzulockern.

»Ja, bitte.«

Sam nickt.

Abermals schalte ich die Kaffeemaschine ein, die sich in der Zwischenzeit ausgeschaltet hat, und beobachte sie dabei, wie sie sich selbst reinigt.

Der Vorhof sieht so aus, als hätte ein Auto darin Donuts gefahren. Die dunklen Flecke der Erde, die stets mit Kies zugeschüttet waren, liegen an manchen Stellen jetzt frei.

. . .

Sam kippt den Kaffee runter, als wäre das heiße braune Getränk normales Wasser, steht auf, gibt mir einen Kuss auf meine Stirn und verschwindet wortlos hinter der Tür.

Emma sieht mich verwundert an und ich sie ebenfalls. Anscheinend machen Sam die toten Hühner mehr zu schaffen als mir.

Ich ziehe den Stein aus meiner Hosentasche und lege ihn auf den Tisch. Emma sieht ihn an, dann mich. Vermutlich will sie, dass ich etwas dazu sage. Aber was soll ich dazu sagen?

Hey, ich habe den Stein auf dem Dachboden gefunden und vermute, dass du dort umhergeisterst.

»Das ist aber ein sehr schöner Amethyst«, sagt sie, ohne dabei die Miene zu verziehen.

Erst jetzt sehe ich im Inneren des Steines ein Kreuz. Wie kam das Kreuz denn da rein?

»Dich will jemand beschützen«, meint sie noch trocken dazu und schmunzelt dabei etwas.

»Vermutlich hast du recht«, gebe ich zu.

»Wann gehen wir heute zur Psychologin?«, fragt sie mich.

Verwundert sehe ich sie an. Woher wusste sie davon, dass ich heute wieder dorthin gehen muss? Das hat ihr sicher Sam erzählt. Warum weiß sie dann nicht die Uhrzeit?

Ich nehme mir mein kleines Notizbuch, das auf der Herdplatte liegt, und schlage die letzte Seite darin auf.

Psychologin

Donnerstag, 03.09.

10:00 Uhr

sagt Sam Bescheid

Schon fast 08:00 Uhr. Um spätestens 08:45 Uhr muss ich zum Bus gehen, damit ich den um 09:00 Uhr erwische, soviel weiß ich. Was wäre, wenn ich ihn heute verpassen würde? Was würde dann passieren? Wahrscheinlich nichts.

»Um 10:00 Uhr«, gebe ich ihr zu verstehen.

»Ben und ich begleiten dich«, meint sie.

»Nicht nötig, ich schaffe das allein«, versuche ich sie zu überreden.

»Ich bestehe darauf«, gibt sie nicht auf.

»Fahren wir mit dem Bus?«, höre ich eine Stimme hinter mir.

Ben steht noch verschlafener als vorher in der Tür und sieht Emma direkt an, die ihn nicht wahrnimmt. In seiner rechten Hand hält er seinen ach so geliebten Fisch und die andere Hand taumelt nur so an seinem kleinen Körper herunter.

»Willst du mitkommen?«, frage ich ihn.

Das Ja zieht er ganz lange hinaus und hüpft dabei wild umher.

Emma sieht mich an und ich sehe sie an.

»Na gut. Dann mache ich mich und Ben mal fertig.«

Emma lächelt. Es freut sie, dass sie dabei sein darf. Was würden sie denn auch den ganzen Tag tun?

. . .

»Lass uns los«, fordere ich präzise.

Ich nehme meine Handtasche in die Hand und schmeiße mein Notizbuch hinein. Schlüssel, Brieftasche und Handy habe ich dabei. Was habe ich vergessen? Immer, wenn ich durch die Tür des Hauses gehe, überkommt mich ein Gefühl, dass ich etwas vergessen hätte. Nur weiß ich nie was.

Emma sieht mich schockiert an, als sie die Hühner auf dem Misthaufen sieht. Vermutlich denkt sie, dass wir sie geschlachtet haben oder irgendwelche gruseligen Rituale damit veranstaltet haben.

Ich schüttle den Kopf und gebe ihr so zu verstehen, dass sie es nicht ansprechen soll. Sie versteht meine Gestik und wendet den Blick von mir ab.

»Denkst du, der Bus wird wieder so voll sein wie das letzte Mal?«, versucht sie vom Thema abzulenken.

»Ich denke nicht«, antworte ich.

#IX

Wer war das? Wer würde so etwas Grauenvolles tun? Die lieben Hühner. Sie waren dafür bestimmt, Eier zu legen und nicht zu sterben, oder?

War es dein Wille, dass es so passiert? Wolltest du es, dass es dazu kommt?

Ich denke nicht, aber wir können so nicht arbeiten.

Wie findest du eigentlich die Kristalle, die ich für dich überall verteile? Schutz und Geborgenheit sollen sie dir geben, aber du hast Angst davor, oder? Warum? Sie sind doch schön anzusehen und mir geben sie ein Gefühl von Sicherheit und Frieden. Frieden und Freude in jedem einzelnen Kristall, in jedem einzelnen Steinchen.

Ich will dir keine Angst machen, wirklich nicht. Ich will doch nur, dass du dich an alles erinnerst, was gewesen ist. Nicht mehr und nicht weniger.

Alles, was ich wollte, war, dass es dir gut geht, da wo du jetzt bist.

ZEHN

DONNERSTAGVORMITTAG

In der Mitte des Stadtzentrums biegt Emma in die falsche Richtung ab. Ich weiß es, denn ich habe mir Linien in mein Notizbuch gezeichnet, um den Weg allein zur Psychologin zu schaffen.

»Wohin willst du?«, frage ich Emma.

»Ich habe gewusst, dass du es schaffst«, freut sie sich.

Ich weiß, worauf sie hinauswill. Sie wollte mich testen und sehen, ob ich allein zurechtkomme. Das tat sie auch im Bus, denn sie ließ mich vorausgehen und ich bezahlte mein eigenes Ticket mit meinem eigenen Geld.

»Ben, komm, wir gehen Eis essen«, meint Emma und sogleich springt er auf und verschwindet in eine der Seitenstraßen.

Wir sehen uns später, will ich noch sagen, aber in der Zwischenzeit sind beide schon in eine der Gassen verschwunden, die ich nicht aufgezeichnet habe.

Das Wetter ist heute sehr sonnig. Die Sonne strahlt durch die einzelnen Wolken und macht die Atmosphäre sehr angenehm. Auf der Straße spielen und schreien Kinder, die mich augenblicklich an Ben erinnern. Sie müssten in seinem Alter sein und dieselbe Klasse besuchen wie er. Vermutlich ist das auch so und ich weiß es nur nicht mehr.

Ein kaltes Lüftchen weht durch meine Haare und bläst sie mir ins Gesicht. Es pfeift durch die Gassen zwischen den geparkten Autos und lässt das Laub, das auf dem Boden liegt, tanzen.

Der Bus kam heute pünktlich und so habe ich noch eine halbe Stunde Zeit umherzuschlendern. Die Cafés, die es hier gibt, kenne ich nicht, aber ihre Namen hören sich vertraut an. Vermutlich war ich bereits einmal hier und weiß es nur nicht mehr.

Sternenbar kann ich auf einem der stark beleuchteten Schilder lesen. Der Name hört sich magisch an und auch das Ambiente scheint sehr einladend zu sein. Also wage ich einen Blick nach innen, wo zwei Kellnerinnen am Tresen stehen und drei Kunden an drei verschiedenen Tischen sitzen. Alle werden sich nicht kennen oder sie hassen sich. Es sieht nicht sehr vertraut aus.

»Darf ich mich auch nach draußen setzen?«, frage ich eine Kellnerin, die gerade auf mich zugeht.

»Natürlich, wo Sie wollen.«

Plötzlich fangen alle drei Gäste an zu tuscheln. Vermutlich haben sie mich erkannt. Sicher haben sie mich erkannt, denn einer zeigt mit nacktem Finger auf mich.

Ich drehe mich um und versuche so zu tun, als wäre mir das, was gerade passiert ist, egal. Ob es mir gelingt, weiß ich nicht und ob ich es so verbessere …? Bestimmt nicht. Manchmal frage ich mich wirklich, was in jener Nacht passiert ist und ob das, was passiert ist, wirklich so schlimm war, wie sie alle tun.

Meine Psychologin müsste doch rein theoretisch alles von mir wissen, oder nicht? Sie hat bestimmt mehr Zeitungsartikel als ich gesehen. Immerhin lebt sie in der Stadt und lag nicht wie ich im Koma.

Da blieb Sam genügend Zeit, um alle Artikel aus der Welt zu schaffen. Das vermute ich zumindest.

»Was darf ich Ihnen denn bringen?«, fragt mich *Mara*, wie ich auf ihrem Namensschild lesen kann.

»Einen Macchiato bitte«, antworte ich.

Die Kinder auf der Straße haben mittlerweile aufgehört zu spielen und die Sonne hat sich hinter den Wolken, aus denen sie vorher gestrahlt hat, versteckt.

Die Luft wird zunehmend kälter und auch die Stimmung der Leute verschlechtert sich. Eine Mutter schreit ihr Kind an und zerrt es vom Spielplatz. Ein Paar auf einer Parkbank diskutiert wild umher und ein weiteres schweigt sich nur an.

Es dauert nicht lange, bis Mara mit meinem Kaffee um die Ecke kommt. Wortlos stellt sie das Tellerchen mit der Tasse obendrauf auf dem Tisch ab. Die Tütchen Zucker, die normalerweise dabei sind und meistens neben der Tasse liegen, fehlen. Kein Zucker? Ich blicke mich um. Ein knallrotes Kästchen inmitten des Tisches sticht mir ins Auge. Darin befinden sich die Tütchen, die ich vergeblich gesucht habe.

»Danke schön, dürfte ich gleich bezahlen?«, frage ich die Kellnerin.

»Nicht nötig. Er wurde bereits von der Frau dort drüben bezahlt.« Sie zeigt mit dem Finger auf eine mir bekannte Frau.

Marie.

Marie Brand.

Meine Schwester.

»Danke schön«, sage ich noch zur Kellnerin, bevor sie hinter der Glastür verschwindet.

Marie erhebt sich aus ihrem Stuhl und geht direkt in meine Richtung. Was sie wohl von mir will? Keine Ahnung, aber ich werde es in den nächsten Sekunden wohl oder übel herausfinden.

» Darf ich mich setzen, Caro?«, fragt sie mich.

Noch während ich an meinem Kaffee nippe, gebe ich ihr zu verstehen, dass sie es darf. Sie setzt sich und nimmt sich die Decke, die auf einem anderen Stuhl platziert ist, und legt diese über ihre halbnackten Beine. Das Kleid, das sie trägt, reicht ihr nur bis knapp über ihre Knie. Als sie sich setzt, rutscht es noch weiter nach oben.

»Ich muss bald los«, erkläre ich ihr, noch bevor sie mir den Grund ihres Besuches sagen konnte.

»Ich weiß, ich weiß. Zu Linda«, gibt sie mir zu verstehen. »Bitte hör mir nur kurz zu.«

Sie holt einen weißen, alten Umschlag mit Blutspritzern darauf aus ihrer linken Jackentasche und überreicht ihn mir so, als wäre es ein Drogendeal.

»Was ist das?«, frage ich sie.

»Wir haben dich im Krankenhaus besucht. Jeder, der etwas anderes erzählt, lügt dich an.«

Verblüfft höre ich ihr zu. Dann hat Emma mich angelogen? Aber aus welchem Grund? Reagierte sie deshalb so zickig, als sie Marie sah? Weil sie die Wahrheit kennt?

»Dein Bruder Marcel und ich sind noch in der gleichen Nacht zu dir ans Krankenbett gekommen, als wir davon gehört haben. Du bist zwar noch im OP gelegen und bist notoperiert worden, aber das ist uns das Warten wert gewesen.«

Sie hält kurz inne und sieht mir in die Augen. Sie hat die gleiche Augenfarbe wie ich, aber an ihr sieht sie vermutlich besser aus als bei mir.

»Und was geschah dann?«, frage ich neugierig.

»Dein behandelnder Arzt ist zu uns gekommen und hat uns diesen damals verschlossenen Umschlag übergeben. Du hast ihn während deines Unfalles in deiner Jackentasche getragen.«

Ich blicke geschockt darauf. Es ist meine Handschrift, die sich auf der Vorderseite des Umschlages befindet. Mein Gekritzel, an das ich mich nicht mehr erinnern kann.

Meine letzten Worte. Dieser Satz ziert neben dem Blut noch den Umschlag. Meine letzten Worte? Also war mein Unfall gar kein Unfall, sondern Suizid?

Mein Herz bleibt für einen Moment stehen. Jedenfalls fühlt es sich so an und auch meine Lungen hören auf, die eingeatmete Luft weiter zu verbrauchen. Alles stockt. Alles steht. Für einen kurzen Augenblick.

»Bitte lies ihn dir in Ruhe mit Linda durch, ohne Sam und ohne Emma. Vielleicht wird dir dadurch viel mehr klar.« Eine Träne kullert über ihre mit Rouge bedeckten Wange nach unten.

»Marie? Was machst du da?«, höre ich eine Stimme unmittelbar hinter mir brüllen.

Ruckartig stecke ich den Brief in meine Tasche, bevor ich mich nach hinten umdrehe und Emma ins Gesicht starre. Zeitgleich steht Marie auf und verschwindet hinter einem Haus.

»Worüber habt ihr geredet?«, fragt mich Emma kontrolliert.

»Nichts, Emma. Ich muss jetzt auch los.«

Ich spüre ihren Blick, der mich röntgt. Wie sie jeden meiner Schritte kontrolliert und jeden meiner Atemzüge beaufsichtigt. Aber warum? Was versteckt diese Frau?

Hastig husche ich durch die immer offen stehende Tür des Gebäudes und fühle mich ständig beobachtet. Ich klingle bei Dr. Linda Hartmann und sie öffnet die Tür mithilfe des Knopfes, der sich bei ihr im Büro befindet. Sie fragt nicht einmal, wer da ist. Inmitten der bunten Wände fühle ich mich noch immer nicht sicher, aber die Tür, die ins Schloss gefallen ist, beruhigt mich etwas.

Sie hat heute andere Zeitschriften herausgelegt. *Freier Wohnen* und *Zufriedenheit* schmücken die Auslage. Was damit wohl gemeint ist?

»Caroline«, durchbricht ihre sanftmütige Stimme die Stille.

»Ja?«, bringe ich erschrocken heraus und merke dabei erst jetzt, dass ich aufgestanden bin.

»Bitte, komm doch rein«, bittet sie mich und öffnet dabei die Tür sperrangelweit.

»Wusstest du eigentlich, dass meine Geschwister bei mir im Krankenhaus gewesen sind?«, frage ich sie noch, während sie sich setzt.

Völlig überfragt schaut sie mich an. Ihr Blick fokussiert mich, aber dennoch scheint er leer. Es scheint so, als wüsste sie mehr, als sie mir sagt. Sie soll womöglich dafür sorgen, dass sie alles aus mir herausbringt und nicht umgekehrt.

Sie nickt.

»Was weißt du noch, was ich nicht weiß?«, frage ich sie kerzengerade ins Gesicht.

»Vieles, Caroline, vieles. Alles, was du mir jemals erzählt hast, alles, was in den Medien gestanden ist. Geschichten von Sam und Geschichten von Emma.«

»Und warum sagst du mir nicht alles, was du weißt?«

»Weil genau das nicht meine Aufgabe ist«, antwortet sie trocken.

Vermutlich hat sie recht. Es ist nicht ihre Aufgabe, mir zu erzählen, was passiert ist. Es ist meine herauszufinden, was geschehen ist und damit zu leben.

»War es Suizid? Bin ich deswegen hier?«, hake ich nach.

»Wie kommst du darauf?« Sie sieht mich so an, als habe sie es das erste Mal gehört.

Beruhigt schnaufe ich die erwärmte Luft aus meinen Lungen und erleichtert lasse ich meine angespannten Hände in meinen Schoß sinken. Es war also kein Suizid.

»Werden eigentlich die Gespräche hier aufgezeichnet? Erfahren Sam oder Emma von den Dingen, die hier besprochen werden?«

Fragen über Fragen durchbohren meinen Kopf. Warum zwangen sie mich förmlich, dass ich zur Psychologin gehe? Was wollten sie damit bezwecken?

»Nein, nein und nein«, gibt sie mir zu verstehen.

»Warum wollte Emma nicht, dass ich mich mit Marie treffe? Hat sie vor dem hier Angst?«, frage ich sie, während ich den Brief aus meiner Jackentasche hole und damit herumwedle, als wäre es eine Trophäe.

Linda sieht mich mit großen Augen an, als sie das blutverschmierte Kuvert in meinen Händen sieht. Weiß sie, was darin steht? Hatte ich sie schon vor meinem Unfall an meiner Seite?

»Was ist das?«, fragt sie mich.

»Das hat mir Marie heute heimlich gegeben, bevor es Emma gesehen hat. Emma hat mich angelogen. Sie hat gesagt, dass meine Familie nie bei mir im Krankenhaus gewesen ist. Das ist eine Lüge«, schreie ich sie schon fast an und sogleich tut es mir auch leid.

»Willst du, dass wir den Brief gemeinsam öffnen und lesen?«, fragt sie mich und ich denke, sie weiß bereits die Antwort darauf.

Es kann eigentlich nur schlimmer werden, denn das meiste weiß ich ja nicht mehr. Vertrauen? Wem kann ich noch vertrauen? Emma macht anscheinend gemeinsame Sache mit Sam und Cloe. Ich habe mit Cloe nie wieder diese Bindung aufbauen können, die ich anscheinend mit ihr hatte, also ja, warum nicht meine Psychologin? Denn dafür ist die doch da, oder nicht?

Zitternd öffne ich den Umschlag, der bereits schon einmal geöffnet worden ist und lese ihn laut vor.

Liebe/r wer auch immer das liest,

es ist vermutlich so weit. So weit Lebewohl zu sagen und so weit Abschied zu nehmen. Bestimmt ist es für mich nicht leicht, diese Zeilen hier zu schreiben, aber leichter, das Gedachte endlich loszuwerden.

Lieber Samuel,

ich weiß von deiner Affäre mit Cloe.
[…]

Ich schluchze. Linda reicht mir ein Taschentuch, damit ich mir die Tränen aus meinem Gesicht wischen kann. Wie kann das sein? Wie lange haben die beiden schon eine Affäre, ohne dass ich es nicht mitbekommen habe? Haben sie sie immer noch?

[...]

Ich sehe es in deinen Augen. Du siehst sie so an, wie du mich früher angesehen hast. Und sie? Sie sieht so verliebt aus, als säße sie auf Wolke sieben mit dir. Denkst du wirklich, ich sei so blind? Denkst du wirklich, ich hätte das nicht all die Monate mitbekommen? Die vermeintlichen Nachtschichten, die du machen musstest, waren wundervolle Nächte, oder? Bessere, als wir je hatten, sonst hättest du es nie getan.

Ich habe euch gesehen. Ihr wart auch bei uns zu Hause. Als Ben geschlafen hat, habt ihr es in unserem Bett wie die Karnickel getrieben, stimmt's? Ich weiß, dass ich recht habe, denn ich habe ihr Parfüm noch lange danach in unserem Haus gerochen. Du beschmutzt das Haus meiner Tante und ich hoffe, du weißt das. Jedenfalls weiß sie es leider nicht, was für eine falsche Person du doch bist.

[...]

»Soll ich weiterlesen?«, fragt mich Linda besorgt.

»Nein, es geht schon. Es ist gerade einfach nur ...«, ich halte kurz inne, »... viel auf einmal. Verstehst du das?«

Sie nickt abermals.

Ich hole tief Luft und schließe meine Augen. Ich halte die Luft in mir, bis sie zwangsläufig nach draußen muss. Ich lese hier gerade einen Abschiedsbrief vor, nein, meinen Abschiedsbrief.

[…]
Liebe Tante Emma,

es tut mir so schrecklich leid, wie alles geendet hat und dass du alles so mitbekommen musst. Du bist die Person, die für mich alles ist und immer für mich da gewesen ist, wenn ich jemanden gebraucht habe. Du warst die, die mir in den unmöglichsten Situationen Halt gegeben hat und die mich ermutigt hat niemals aufzugeben. Wenn du diesen Brief vorgelesen bekommst oder vielleicht sogar selbst liest, sei dir bitte bewusst, dass dich keine Schuld trifft. Denn du bist immer eine bessere Mama für mich gewesen, als es meine leibliche Mutter gewesen ist.

Liebe Cloe,

du wolltest schon immer das haben, was andere hatten, nur damit sie es nicht haben. Aber dass du so dreist bist, mir meinen Mann auszuspannen, das geht definitiv zu weit. Ich hoffe, du siehst das auch so, denn du bist ein großer ausschlaggebender Punkt davon, dass ich nicht mehr hier stehe, wo ich eigentlich sein sollte.
Dennoch wünsche ich dir viel Spaß mit meinem Mann. Denk daran, man sieht sich immer zweimal im Leben, vielleicht sogar schon bald.

In Liebe
eure Caro

Schweigen.

In diesem Raum ist nichts mehr zu hören. Aus den Fenstern kommt kein Kindergeschrei mehr und auch kein Vogelgezwitscher. Es herrscht Totenstille hier und obwohl es draußen wieder heller geworden ist, fühlt es sich hier so an, als wüte hier der schlimmste Sturm.

Ich blicke vom zerknitterten Papier direkt in Lindas Augen. Sie fixiert sich auf irgendwas in meinem Gesicht. Ich kann nur nicht einordnen, was es ist. Wusste sie davon? Bestimmt wusste sie davon und will es mir nur nicht sagen.

Tränen laufen über mein Gesicht runter und tropfen von meiner Gesichtskante direkt auf meine Jeans. Mein Make-up müsste mittlerweile furchtbar aussehen und nicht mehr so sein, wie es davor war.

Ich trage nicht viel davon. Nur manchmal trage ich Wimperntusche auf meine Wimpern auf, damit meine Augen mehr Ausdruck bekommen, aber der ist jetzt pfutsch.

Ob ich mir das erwartet habe? Vermutlich.

Komme ich damit zurecht? Muss ich.

»Caroline.« Ihr scheinen die Worte auch nicht so einzufallen wie mir.

»Wusstest du das, Linda?«, schluchze ich.

Nochmals ein tiefer Schnaufer aus ihrem Mund, dann die vorhersehbare Antwort: »Ja.«

X

Es wird immer wärmer. Du kommst der Sache immer näher. Weißt du denn nun, warum du das gemacht hast? Ich wusste es nicht, bis zu diesem Zeitpunkt. Aber es war kein Suizid, oder? Du wolltest dich nicht umbringen, warum auch? Du hast einen Mann, der dich mit deiner damaligen besten Freundin betrügt. Du wusstest das, du hast es gesehen und ich habe es auch gesehen.

Auch wenn es nicht so schien, habe ich es immer wieder mitbekommen und ich habe gemerkt, wie schlecht es dir damit ging, wie verletzt du warst.

Die Nächte, in denen er nicht nach Hause kam, um Überstunden zu machen, waren endlos lang. Nächtelanges Weinen, Schreien und die Verzweiflung, die dich immer wieder nach unten gerissen hat.

Kannst du es jetzt sehen? Siehst du jetzt, wie es war?

Ich denke, du hast noch einen weiten Weg vor dir, damit du wirklich verstehst, warum das alles passiert ist und warum alles so ist, wie es jetzt ist.

Was hast du mir nur angetan? Ich wollte doch nur glücklich sein. Warum konntest du das nicht sehen? Ich hatte noch so viel vor und das hast du mir zerstört.

Es fiel mir so unendlich schwer, dich gehen zu lassen. Weißt du das? Ich wollte nicht gehen. Warum hast du das getan? Ich wollte bei dir sein.

ELF

SPÄTER DONNERSTAGVOR-
MITTAG

Emma kommt mit Ben um die Ecke. Obwohl ich heute etwas später aus der Sitzung komme, weiß sie genau, dass es heute etwas länger gedauert hat. Oder ist das nur Zufall?

Sie winkt mir schon von Weitem zu und ihr Lächeln strahlt so hell wie die Sonne. Ben scheint sich auch darüber zu freuen, dass ich wieder da bin. Ich laufe auf ihn zu und nehme ihn ganz fest in den Arm. Genau so was brauche ich jetzt.

»Wie war die Sitzung?«, fragt sie mich.

»Sehr aufschlussreich«, antworte ich ihr und muss dabei etwas lächeln.

Ich lebe. Und es war kein Suizid. Ansonsten wäre der Brief nicht bei Marie gelandet, oder? Warum sollte ich ihn in meiner Jackentasche tragen und ihn nicht direkt irgendwo in Sicherheit deponieren?

»Wann hast du die nächste Sitzung?«, unterbricht mich Emma in meiner Gedankenwelt.

»Das weiß ich leider nicht mehr. Ich bin mir auch nicht sicher, ob wir darüber gesprochen haben«, sage ich etwas angeschlagen. »Sie wird bestimmt Samuel anrufen, da bin ich mir sicher.«

Vermutlich.

Emma weiß von dem Brief oder warum hat sie etwas gegen meine Familie? Aber wenn sie es wüsste, dann würde sie doch Sam niemals mögen. Sie behandelt ihn, als wäre er ihr eigener Sohn. Ihr eigen Fleisch und Blut.

»Weißt du, wo Marie wohnt?«, frage ich Emma, die mich nun mit einer hochgezogenen Augenbraue ansieht.

Sicherlich.

Ob sie es mir verraten wird?

Vermutlich nicht.

Schweigen herrscht die ganze Fahrt über nach Moosbach. Ich starre aus dem Fenster. Je weiter wir den Berg nach oben kommen, desto dunkler wird es. Die Wolkendecke wird dichter und Nebel durchquert die Straßen.

· · ·

»Wartet nicht auf mich«, schreie ich Ben und Emma hinterher, die sich schon auf dem Weg nach Hause gemacht haben.

»Marie?« Geschockt nehme ich den Anruf von ihr entgegen.

»Du hast ihn gelesen, nicht wahr?«, hallt es aus dem Telefon.

»Wer hat ihn noch zu Gesicht bekommen?«, wundere ich mich.

»Bist du wieder in Moosbach?«, fragt sie mich.

»Gerade angekommen.«

»Wenn du geradeaus blickst, kannst du eine Straße sehen, die in Richtung Kirche führt. Siehst du sie?«

Ich versuche mich im Nebel zu orientieren und kann durch den Nebelschleier nur eine Spitze erkennen, die sich den Weg dadurch bahnt. Es müsste der Kirchturm sein.

»Wenn du immer Richtung Kirchturm gehst, wirst du das gelbe Haus finden. Es gibt nur eines in diesem Dorf und das ist unseres«, erklärt sie.

»Verstanden«, antworte ich noch, bevor sie auflegt.

Einmal ist die Spitze da und dann ist sie wieder für einen langen Moment weg. Wie soll man sich denn so orientieren?

Plötzlich steht da dieses Haus. Gelb und mit so vielen Fenstern, dass man fast jeden Raum darin erkennen kann. Nur die Tür ist nicht sichtbar. Wo sie sich wohl befindet?

Ich gehe um das Haus und erspähe eine große, fast burgähnliche Eingangstür. Striemen aus Stahl verzieren diese bis hin zum Boden und ein Striemen verläuft quer durch das erste Drittel der Tür.

Auf einem der Klingelschilder steht *Marie Brand*. Auf den Schildern darunter stehen *Marcel Brand* und weitere Namen, die mit *Brand* enden, aber ich nicht wiedererkenne.

Meine Hände zittern, aber ich weiß, dass ich das tun will. Ich muss. Es ist ein großer Schritt für mich, wenn ich an der ersten Klingel des Hauses klingle.

Ich nehme ein leises *Ding Dong* wahr, als ich den Knopf neben dem Schild von Marie drücke.

Sogleich höre ich ihre liebevolle Stimme durch die Freisprechanlage rufen: »Komm rein, Caro.«

Ich zögere etwas, drücke aber dann doch gegen die schwere Tür, aus der ein durchgehender, schriller Ton kommt.

»Dritter Stock«, ruft Marie von oben herab.

Im Eingangsbereich steht ein riesengroßer Schuhschrank. Einer, der sicherlich ein Vermögen gekostet hat. Er ist aus Wangenholz gefertigt und dadurch recht dunkel. Ich staune immer wieder über mich selbst, woher ich so ein Wissen habe.

Am anderen Ende des Raumes befindet sich ein großes, auf Leinwand gedrucktes Bild. Ich schrecke zurück. Da bin ich drauf. Ich, Marie und Marcel. Zusammen und vereint. Wir sehen glücklich aus zusammen. Waren wir mal unzertrennlich?

Die Steintreppe sieht kalt aus. Nachdem ich meine Schuhe ausgezogen habe, beginne ich den Aufstieg nach oben. Das Treppenhaus wird von unzähligen Bildern geschmückt. Zur Hilfe befindet sich auf der linken Seite ein Geländer, das aus demselben Stahl gefertigt ist wie die Tür.

Ein Mann mit dunklen, fast schon pechschwarzen Haaren, einer Brille auf der Nase und einem sehr großen Muttermal unter seinem rechten Auge stellt sich mir in den Weg. Er sieht so aus, als wäre er ein Bankkaufmann. Sein Anzug ist nicht schwarz wie einer, den man sonst auf Hochzeiten tragen würde, sondern blau. Es ist ein Dunkelblau und dazu trägt er eine Fliege aus Holz, die meiner Meinung nach gut dazu passt. Die Schuhe passen zur Fliege. Sie sind braun und haben blaue Schnürsenkel.

Das gesamte Outfit ist farblich abgestimmt. Vermutlich hat er lang überlegt, was er anziehen soll. Für wen hat er sich so schick gemacht? Aber doch nicht für mich, oder?

»Lass dich drücken, meine Liebe.« Ohne ein weiteres Wort zu sagen nimmt er mich so fest in den Arm, als hätten wir uns jahrelang nicht gesehen. Meine Schultern tun schon richtig weh.

»Marcel«, pfeift eine Stimme durch das Treppenhaus, »du erdrückst sie noch.«

Ein Lachen.

Ein Schluchzen.

Dann Stille.

Er lässt mich los und ich sehe ihm abermals ins Gesicht. Das ist also mein Bruder. Wie kann ein Mensch, der einem so nahe war, einem doch so fern sein? Was ein Unfall doch alles auslöschen kann.

»Komm erst mal rein«, bittet mich Marie, die uns vom oberen Stockwerk aus beobachtet hat.

Wortlos gehe ich ein weiteres Stockwerk nach oben und höre dabei schwere und mühevolle Schritte hinter mir auf den Stufen. Es ist vermutlich Marcel, der mir folgt.

»Möchtest du Wasser, Tee, Kaffee oder doch einen Wein?«

Durchlöchert und überfragt setze ich mich – ohne die Aufforderung von Marie – auf einen der Stühle, die mit einem Kissen geschmückt sind.

»Lass sie doch erst mal«, höre ich die beruhigende Stimme von Marcel.

Die Wohnung ist sehr einfach gehalten. Ein Eingangsbereich, der in die Wohnküche führt, und ein Flur, der sich in drei Räume verteilt. Kinder oder Haustiere sind keine zu sehen. Vermutlich haben sie nie geheiratet, jedenfalls Marie nicht.

Meine Jacke habe ich im Eingangsbereich aufgehängt. Der Brief ist noch in der Jacke. Brauche ich ihn? Sie wissen doch, was darin steht und ich auch.

»Wer hat den Brief alles gelesen?«, frage ich in die Runde.

Marcel hat sich mittlerweile auch hingesetzt und Marie fuchtelt noch nervös hinter der Herdplatte umher. Was sucht sie denn? Den Korkenzieher oder die Tabs für die Kaffeemaschine?

Wortlos setzt sich nun auch Marie mit einer Rotweinflasche Lagrein. Auf dem Etikett ist eine Burg skizziert. In der anderen Hand trägt sie drei Gräser. So wie sie das handhabt, ist sie sicher Kellnerin.

Sie stellt sie inmitten des Tisches ab und wirft Marcel einen Blick zu, der daraufhin nur nickt. Sie füllt die Gläser mit dem dunkelroten Lagrein bis etwa zur Hälfte und schiebt eines von der einen Tischkante zu Marcel und das andere zu mir.

»Auf uns!«, ruft sie in die Mitte des Kreises und hält ihr Glas nach oben.

»Auf uns!«, wiederholt Marcel und stößt sein Glas auf ihres.

Ich halte mein Glas auch nach oben und stoße mit beiden an, die sich sogleich den ersten großen Schluck aus dem tiefen Gefäß genehmigen.

Beide schlucken und stellen das Glas klimpernd auf dem Holztisch nieder.

»Du hast bestimmt viele Fragen, Caro. Oder?«, fragt mich Marcel, während er auf meine Hand voller Narben blickt.

Auch ich nehme jetzt einen großen Schluck aus meinem Glas, vermutlich noch den größeren, als sie ihn gemacht haben.

»Marcel und ich haben den Brief gelesen, niemand anderes«, beantwortet mir Marie erst jetzt die Frage.

»Warum versteht ihr euch nicht mit Tante Emma? Sie hat es doch nicht gewusst. Ansonsten wäre sie doch nie so vertraut mit Sam, oder?«

»Das stimmt. Das mit Tante Emma ist eine längere Geschichte. Die werden wir dir ein anderes Mal erzählen. Im Großen und Ganzen geht es eigentlich nicht speziell gegen uns, sondern gegen unsere Mutter, auf deren Seite wir uns bei einem Erbstreit geschlagen haben. Nur du bist bei Emma geblieben und so hat sie dir das Haus mit Sam und …«, stockt sie, »… Ben gegeben.«

»Wo sind unsere Eltern jetzt?«, frage ich sie.

»Nachdem das mit dir passiert ist, sind sie nach Grammel gezogen. Dort lagst du auch im Koma«, sagt Marcel.

»Habt ihr Zeitungsartikel vom Unfall?«, frage ich neugierig.

»Natürlich. Sogar ein ganzes Buch davon. Aber denkst du, es ist heute der richtige Zeitpunkt dafür? Du hast heute schon sehr viel erfahren und ich denke, es ist Zeit, dass du es für heute dabei belässt.«

Vermutlich hat sie recht. Ich bin auch ziemlich spät dran. Ich muss heute noch arbeiten, aber weiß nicht, wie ich meiner *besten Freundin* Cloe ins Gesicht sehen kann.

12:30 Uhr

Wann wird es denn Zeit sein? Warum versteckt Sam alle Zeitungsartikel vor mir? Was will er verheimlichen? Suizid war es ja nicht, oder? Niemand weiß es, außer wir. Vermutlich hat die Polizei auch mit ihnen gesprochen, aber dann wüssten es doch mehrere.

»Seid ihr auch auf dem Naturparkfest dieses Wochenende? Ich darf es dieses Jahr organisieren«, präsentiere ich stolz.

Marie blickt zu Marcel und Marcel nickt.

»Sicherlich«, antwortet sie konsequent.

»Dann sehen wir uns da. Ich muss los.« Ohne ein weiteres Wort stehe ich auf und gehe in den dunklen Flur, der im Gegensatz zu allen anderen Räumen in diesem Haus keine Fenster hat.

Sie blicken mir nach und ich schaue zu ihnen, als ich meine Jacke über meinen Arm lege. Marie weint und Marcel legt schützend seine Hand auf ihre Schulter. Sie denkt sich vermutlich, dass ich mir das Leben nehmen werde. Jedenfalls sieht es so aus, als wäre es ein *Nimmerwiedersehen*.

»Wir sehen uns auf dem Fest, versprochen«, versuche ich sie zu beruhigen, während ich die Tür vor mir öffne und durch diese verschwinde.

Die Treppe fühlt sich dieses Mal noch länger an als vorhin. Auch das Wetter ist mittlerweile nicht besser geworden als davor.

Der Traum, den ich vor ein paar Tagen hatte, war also real, vermutlich zumindest teilweise. Da waren Kleidungsstücke auf der Treppe. Bis hoch in unser Schlafzimmer lag überall verteilt Unterwäsche. Dann war der Zettel, den ich auf dem Küchentisch liegen gesehen habe, gar nicht von Sam, sondern vermutlich von mir. Wollte ich von ihm weg? Wollte ich alles beenden? Gab es diesen Zettel? Sicherlich werde ich diese Informationen nicht von ihm bekommen. Das steht fest.

Die Luft riecht nach Freiheit. Diese Intensität habe ich vorhin nicht wahrgenommen. Sie riecht frisch und so klar. Ohne Abgase oder sonstige Schadstoffe in der Luft wie in der Stadt.

Die Bordsteine, an denen ich mich versuche zu orientieren, sind feucht vom Regen. In der Zwischenzeit hat es etwas genieselt und das Klima ist feucht.

Manche aus dem Dorf sind immer noch mit Regenschirmen unterwegs, obwohl es schon aufgehört hat zu regnen.

Einer geht mit einer prall gefüllten Einkaufstasche nach Hause, wieder ein anderer noch mit einer leeren zum Dorfladen.

#XI

Vermutlich fragst du dich, was ich hier mache, oder? Vermutlich fragst du dich, was du hier machst.

Alles um dich herum wird klarer, je weiter du in den Wald nach innen gehst. Das merkst du selbst und je weiter du in den Wald nach innen gehst, desto weiter werde ich mich von dir entfernen.

Solltest du nicht herausfinden, was los ist, so werde ich ein Leben lang an deiner Seite bleiben, ohne dein Wissen, dass ich bereits nicht mehr bei dir bin.

Ich denke, du willst mich gar nicht weg von dir haben, oder? Denn ansonsten wäre ich ja nicht mehr bei dir. Ich bin immer und überall da, wo du auch bist. Vielleicht bin ich sogar du? Das weißt du nicht und ich weiß es auch nicht.

Ich weiß gar nichts mehr, weißt du? Ich verstehe mittlerweile, warum du mich nicht wolltest. Ich war dir vermutlich zu anstrengend oder hattest du Angst vor mir?

Angst wie jede andere und jeder andere auch.

Ich wollte immer nur das Beste für dich. Ich habe dich geliebt. Geliebt, so sehr.

Bis hoch in den Himmel, weit darüber hinaus.

ZWÖLF

DONNERSTAGNACHMITTAG

Cloe sitzt wie immer auf ihrem Schreibtisch. Mir wird schlagartig übel bei diesem Anblick und dem Gedanken daran, dass sie mit meinem Mann geschlafen hat. Möglicherweise machte Sam noch in der Zeit, in der ich im Koma lag, auf glückliche Familie. Nicht mit mir, aber mit Cloe und mit unserem kleinen Jungen Ben. Deshalb fragt sie immer nach ihm. Plötzlich wird mir alles klar. Es ist ihr scheißegal, wie es mir geht. Vermutlich wollte sie mich tot sehen.

»Schönen guten Nachmittag, Liebes«, lächelt sie mich fröhlich an.

»Guten Nachmittag«, versuche ich herauszuwürgen und dabei nicht wütend zu klingen.

Ich setze mich ohne ein weiteres Wort neben sie hin und starte meinen PC, dessen Oberfläche sehr staubig ist. Instinktiv wische ich mit meinem Finger darüber, um das Gröbste zu entfernen.

Zeitgleich reicht mir Cloe ein Taschentuch, das sie mir wie eine Waffe vor mein Gesicht hält. Dankend nehme ich es und putze mir damit meinen mit Staub bedeckten Finger ab.

»Ich habe dir die Flyer bereits ausgeruckt«, grinst sie mich an. »Wann fährst du in die Stadt?«

Verdammt. Da ist ja noch was. Ich muss die Flyer verteilen, ich bin doch für dieses Jahr verantwortlich. Sie will bestimmt nur mit Sam allein sein. Sicherlich versteckt er sich schon in der Abstellkammer und beide warten nur mehr darauf, bis sie übereinander herfallen können.

»Emma wird das für mich erledigen«, grinse ich sie an und aus ihrem Lächeln wird eine stumme Mimik.

Sie überreicht mir voller Stolz die Flyer, die sie nochmals überarbeitet und zu 80 Prozent geändert hat. Was sollte das? Ich war zufrieden mit meinem Ergebnis.

Wortlos dreht sie sich wieder zu ihrem PC und tippt wild mit zehn Fingern auf der Tastatur umher. Ich werfe mir meine Jacke über den Arm und verlasse für einen Moment das Büro.

Ich telefoniere.

Sie telefoniert.

»Emma, könntest du mir einen riesengroßen Gefallen tun?«, frage ich sie, noch bevor sie überhaupt *Hallo* sagen konnte.

»Natürlich. Was ist denn los, meine Liebe?«, antwortet sie verunsichert.

Ihre Stimme klingt besorgt. Macht sie sich Sorgen um mich oder ist etwas mit Ben geschehen? Das werde ich womöglich nie herausfinden.

»Die Flyer für das Fest am Freitag«, sage ich außer Atem, »die müssen verteilt werden. Ich habe es völlig vergessen«, erkläre ich ihr verzweifelt.

»Das ist doch kein Problem, meine Kleine. Ich werde sie mit Ben holen kommen und so können wir noch einen Ausflug nach Grammel machen.« Mir zieht es die Organe im Inneren so zusammen, als würde ich innerlich austrocknen.

Jetzt, wo ich der Stadt einen Namen zuordnen kann, ist es für mich noch unverständlicher, warum sie überhaupt dorthin fährt. Was genau fiel zwischen Emma und meinen Eltern vor? Was genau machte aus den zwei Schwestern zwei getrennte, wildfremde Menschen, die sich bei einem Treffen nicht einmal in die Augen schauen würden?

»Danke, du bist die Beste«, meine ich noch, bevor sie auflegt.

Cloe telefoniert immer noch. Macht sie ein weiteres Treffen mit Sam aus oder hat sie in der Zwischenzeit einen neuen Mann gefunden? Einen, der bereits wie meiner verheiratet ist.

Ich beobachte sie dabei, wie sie mich beobachtet. Es scheint so, als würde sie über mich reden und das wird sie vermutlich auch. Nachdem sie bemerkt hat, dass ich sie beobachte, legt sie den Hörer schlagartig zur Seite und lächelt mich an.

Ihre Fassade bröckelt. Ich kann spüren, dass sie weiß, dass ich mehr weiß. Sie merkt es. Eventuell waren wir doch einmal sehr dick befreundet und verstanden uns blind und wortlos.

Ich atme nochmal tief ein und wieder aus, bevor ich durch die Glastür wieder ins Innere des gefühlt 30 Grad warmen Raumes gehe.

»Ist alles okay?«, fragt sie mich.

»Natürlich, was soll sein?«, erwidere ich, ohne dabei eine Miene zu verziehen.

Gänsehaut breitet sich auf ihrem Körper aus. Kälte kommt durch die Tür, als ich sie öffne. Auf ihrer perfekt ebenen Haut bilden sich kleine Hügel und die Härchen stellen sich auf.

Kein Wunder. Sie sitzt ja wieder halbnackt auf ihrem Bürosessel, der deutlich besser ist als meiner. Leicht vorstellbar, dass sie auch mit dem Chef geschlafen haben wird, nur damit sie so einen überteuerten Stuhl bekommt.

»Ich muss heute etwas früher gehen«, meint sie zu mir.

»Geht in Ordnung«, antworte ich ihr.

Sie hämmert weiterhin auf ihrer Tastatur herum. Was tippt sie denn die ganze Zeit? Es ist doch niemand da, der den Park besucht. Jedes Mal, wenn ich eine Arbeit fertig habe, weiß ich nicht, was ich machen muss.

Ich ordne die Zettel, die sie immer wieder nach hinten auf den Boden wirft. Dort stehen die Besucher drauf, die in den Park gekommen sind. Einen Ordner habe ich damit schon fast voll. Jetzt lege ich noch die restlichen Zettel rein.

Emma und Ben kreuzen heute sehr früh auf. Sie haben die Strecke in weniger als zwanzig Minuten geschafft. Das ist schneller, als ich sie gehen würde, aber langsamer als Sam sie geht.

Emma winkt mir zu und Cloe wagt einen kurzen Blick, den sie sogleich wieder senkt. Emma sieht sie so an, als würde sie sie auf der Stelle töten wollen. Unter Umständen hat sie es trotzdem mitbekommen, dass Cloe sich an Sam herangemacht hat.

Ruckartig schnappe ich mir die veränderten Flyer und gebe sie Emma, die sie begutachtet. Sie sieht verblüfft aus. Sicherlich hätte sie sich darüber gefreut, wenn ich ihr sagen könnte, dass sie von mir sind. Aber ich kann nicht.

»Hast du die gestaltet?«, fragt sie mich, weil sie weiß, dass ich dieses Jahr damit dran bin.

»Leider nur zum Teil. Den Rest hat Cloe verfeinert«, meine ich frustriert zu ihr.

»Deine sind bestimmt schöner«, macht sie mir Mut. »Komm, druck deine aus. Ich begleite dich.«

Fröhlich gehe ich voraus in das Gebäude, obwohl ich mich etwas schuldig fühle. Emma verfolgt mich auf Schritt und Tritt und Cloe würdigt uns keines Blickes. Es sieht so aus, als hätte sie fürchterliche Angst vor Emma, denn sie versucht alles Mögliche zu unternehmen, ihr nicht in die Augen schauen zu müssen.

Die Flyer schießen mit Höchstgeschwindigkeit aus dem Drucker und so sind 500 Zettel ruckzuck gedruckt. Emma begutachtet das Ganze und fängt an zu lächeln.

Sie nimmt einen in die Hand und legt diesen vor Cloe. »Die sind doch viel schöner. Findest du nicht auch, Cloe?«

Cloe gibt ein leises »Mhm« von sich und konzentriert sich wieder auf den Text, den sie ohne Pausen in ihren Computer eintippt.

DONNERSTAGABEND

Emma wartet bereits in der Küche auf mich. Sie hat alle Flyer verteilt und zeigt mir stolz ihre Hände. Was will sie mir sagen? Etwas liegt ihr doch auf dem Magen.

»Du weißt es?«, fragt sie mich ohne eine Ankündigung darauf.

»Du meinst das mit dem Haus und den Therapiesitzungen, weil ich Suizidgedanken hatte? Dass Sam mich mit Cloe betrogen hat? Dass du und meine Mutter euch hasst?«, schießt es aus mir heraus wie eine Kugel aus einem Pistolenlauf.

Das ganze Gedachte auf Papier zu bringen, fand ich leichter. Das glaube ich zumindest, weil ich mich daran nicht mehr erinnern kann.

Ich bin ihr nicht böse, wie auch? Sie wollte mich vor alledem beschützen. Sie wollte, dass ich ein normales Leben führen kann, einfach weitermachen. Insgeheim wünscht sich doch jede und jeder hier, dass ich mich an all die geschehenen Sachen nicht mehr erinnern soll.

»Mami, warum schreist du so?«

Ruckartig blicke ich in den Flur, in dem Ben steht. Sofort fange ich mich wieder und gehe auf ihn zu, um ihn in den Arm zu nehmen.

Ich spüre, wie Emmas Blicke mich verfolgen. Sie kontrolliert jeden meiner Schritte und passt auf, dass ich nichts Falsches mache.

. . .

Ben schläft.

Ich habe ihm sein Lieblingsbuch vorgelesen: *Sammys Abenteuer* mit lauter Geschichten von sprechenden Tieren und fliegenden Fischen.

Er liebt Fische. Vielleicht sollte ich mit Sam darüber reden, dass wir uns ein Aquarium anschaffen. Ein großes mit sehr vielen Pflanzen und ganz vielen bunten Fischen, die wild herumschwimmen. Tagein, tagaus.

Das Plätschern des Wassers und die Bewegungen der Fische sollen beruhigend auf Körper und Geist wirken. Das habe ich so einmal irgendwo gelesen und seltsamerweise kann ich mich auch daran erinnern.

Emma sitzt noch immer in der Küche. Sie hat sich mittlerweile einen Tee aufgebrüht und blickt aus dem Fenster, obwohl bereits nichts mehr zu erkennen ist. Es ist heute im Verhältnis zu anderen Tagen sehr schnell dunkel geworden.

»Das Haus ist ein Geschenk von mir gewesen. Ich habe gewollt, dass du alles, was gewesen ist, vergisst. Das mit dem Streit von deiner Mutter und mir hat nichts mit dir zu tun gehabt und dennoch hast du es dir so zu Herzen genommen, dass du in eine tiefe Depression gefallen bist. Mit dem Haus habe ich dir einen Neuanfang bieten wollen. Weg von allem und jedem. Nur du, ich, Samuel und Benjamin und dann ist Cloe gekommen.«

Sie setzt ab. Wütend und dennoch tief berührt nimmt sie einen großen Schluck aus der dampfenden, stark nach Orange riechenden Tasse. Der Tee müsste glühend heiß sein, aber das scheint ihr nichts auszumachen.

»Cloe hat dich noch weiter in dieses große Loch geworfen und ich habe gemerkt, wie du mir entglitten bist.« Sie wird stumm. »Aber der Unfall war kein Suizid, soviel steht fest«, fährt sie fort.

»Kennst du das Symbol?«, frage ich Emma, während ich auf mein Notizbuch zeige, in dem ich das Symbol aufgezeichnet habe. »Das und viele weitere tauchen immer wieder am Hof auf.«

Emma und ich zucken zusammen. Im Türschloss werden die Schlüssel umgedreht und sogleich steht Samuel vor uns. Das Buch lasse ich in meiner Tasche verschwinden und wir sehen beide Samuel an.

»Hallo Emma, hallo Caro«, sagt er trocken und schmeißt die Schlüssel auf den Tisch.

»Ich sollte gehen«, erklärt Emma.

»Danke Emma für alles«, sage ich zu ihr, während ich sie ganz fest umarme.

. . .

»Ist Emma schon weg?«, schreit Sam aus der Waschküche.

»Ja, sie ist gerade gegangen«, antworte ich ihm.

Minuten vergehen und der Zeiger an der Wanduhr klickt verhältnismäßig sehr laut. Sam muss die Batterien ausgetauscht haben. War es vielleicht Emma? Jedenfalls läuft sie wieder und sie zeigt die richtige Zeit an.

19:35 Uhr

Ich bilde mir ein, den mittlerweile anstrengenden Geruch von Cloes Parfum in der Nase zu riechen und auch im Mund zu schmecken. Das Glas Wasser, das ich vorhin geholt habe, macht es nicht besser.

»Wie war dein Tag?«, fragt er mich, während er um die Ecke in die Küche kommt.

»Gut, deiner?«, versuche ich neugierig zu sein.

»Gut, danke der Nachfrage«, antwortet er.

Es fühlt sich seltsam an, diesem Mann – meinem Mann – in die Augen zu sehen. Ihn anzusehen erregt in mir ein ungutes Gefühl, eines, das ich so noch nicht hatte.

Ich stelle das Glas auf das Waschbecken und öffne den Geschirrspüler, um das dreckige Glas hineinzustellen. Es ist vielleicht höchste Zeit, ihn mal zu starten.

Gedacht, getan. Noch im gleichen Zug suche ich ein Tab für den Geschirrspüler, aber kann keines auf Anhieb finden. Ich spüre Samuels Blick in meinem Nacken, der sich kalt und wie ein Messerstich anfühlt.

Plötzlich schüttelt es mich ab. Mir wird kalt, als hätte jemand die Haustür offen gelassen. Ein Windhauch pfeift durch meine Kleidung direkt auf meine Haut und durch mich hindurch.

Ich weiß nicht, ob er immer noch hinter mir steht, aber es fühlt sich so an als ob.

»Kann ich dir helfen, Caro?«, fragt er mich, während er seine Hand auf meinen Nacken legt. Ich zucke zusammen.

»Nein, es geht schon«, erwidere ich.

Er hat gemerkt, dass er mich erschreckt hat und nimmt schlagartig die Hand weg. Vermutlich weiß er jetzt, dass ich es weiß.

»Tut mir leid«, meint er unschuldig, »ich wollte dich nicht erschrecken.«

»Schon gut«, antworte ich.

Da sind sie ja, juble ich in meinem Inneren. Beim Herausziehen fällt mir eine eiserne Schatulle auf, die sich im hinteren Bereich des Kastens befindet. Allein komme ich da nicht ran, also kann sie unmöglich von mir oder Emma sein. Sam muss sie dort hinten verstaut haben. Aber was ist da drinnen?

Er merkt, wie ich sie bemerkt habe und holt sie runter.

»Da sind nur die Bücher der Tiere darin. Du weißt doch, welche ich meine. Die Daten jedes einzelnen Tieres. Geburtsort, Name, Alter und der Halter mit den dazugehörigen Daten. Sonst nichts.«

Ich schrecke auf. Seine schnellen Bewegungen haben mir Angst gemacht. Ich habe Angst vor ihm. Angst vor meinem eigenen Mann, meinem liebevollen Mann, der mich all die Jahre unterstützt und aufgebaut hat.

Nachdem ich die Spülmaschine eingeschaltet habe, gehe ich ins Bad. Hinter mir schließe ich die Tür und drehe den Schlüssel nicht einmal, sondern zweimal im Türschloss rum.

»Was machst du da?« Er klopft an die Tür.

»Ich gehe duschen«, schreie ich nach draußen.

Die Badezimmertür habe ich heute das erste Mal seit Langem wieder verschlossen. Die meiste Zeit gehen wir gemeinsam duschen. Das ist unser Abendritual, aber heute brauche ich etwas Zeit für mich.

Das Wasser plätschert auf den noch kalten Boden der Dusche. Im Spiegel sehe ich mich. Ich sehe müde aus, trage kein Make-up mehr und auch die Augen sind völlig rot. Es fühlt sich so an, als hätte ich nächtelang nicht geschlafen und das war vermutlich auch so.

Der Raum füllt sich mit dem Wasserdampf und der Spiegel läuft an.

Das Wasser tropft auf meine Haut und in den ersten Sekunden fühlt sich die fließende Flüssigkeit so an, als wäre es eiskalt. Ich schließe meine Augen und höre dem Rauschen des Wassers zu. Dann ein Schrei, der mich aus meiner Trance erweckt.

»Ben!« Schreckhaft zucke ich zusammen, schnappe mir ein Handtuch, das ich mir bereits vorbereitet habe und werfe es mir um.

Du bist nicht allein.

Diese Worte stehen in der Mitte des Spiegels geschrieben. Ich drehe mich um, nach links und rechts, aber ich bin allein hier und die Tür ist immer noch verschlossen. Ich sperre sie auf und sprinte hastig nach oben, woher ich den Schrei vermutet habe. Bens Schlafzimmertür steht sperrangelweit offen und unsere auch. Die Dachbodentür ist ebenso offen und die Treppe dorthin hochgezogen, sodass ich nicht nach oben gehen kann. Schnelle Schritte sind hinter mir zu hören. Immer lauter werdende, die aber auch vom Dachboden kommen können. In die Öffnung starrend höre ich einen dumpfen Schlag.

Dann wird alles schwarz.

#XII

Du bist auch nicht allein, weißt du das? Da ist Tante Emma, die dich scheinbar beschützt, als wärst du ihre eigene Tochter. Und dann ist da noch er, der dafür sorgt, dass alles so bleibt, wie es ist und dann ist da noch sie, die nicht da sein sollte. Und so kam es zu dieser Nacht.

Wenn du einfach nur still gewesen wärst, dann wäre das nicht passiert. Dann hätte niemand sterben müssen und dann wäre alles noch in Ordnung. Vermutlich wäre ich dann immer noch bei dir und wir wären eine Familie.

Was denkst du denn, was gerade passiert ist? Wen hat es deiner Meinung nach erwischt? Mich, dich, sie oder ihn?

Weißt du denn jetzt, was passiert ist? Ich denke, du weißt es nicht mehr, denn dir wurde ja schwarz vor Augen. Oder nicht? Kannst du dich danach noch an das erinnern, was gerade war? An den Schrei, den du nicht zuordnen kannst, und an die Situation?

Es fiel mir so unendlich schwer, dich gehen zu lassen. Weißt du? Ich wollte nicht gehen. Warum hast du das getan? Ich wollte bei dir sein.

DREIZEHN

DONNERSTAGNACHT

»Caro, Caroline Brand, kannst du mich hören?« Seine Worte hallen in meinem Kopf nach.

Was ist passiert? Wo bin ich und wo ist Ben? Hallo? Kann mich denn niemand hören? Warum kann ich mich nicht bewegen? Warum tut mein Kopf so fürchterlich weh und was ist dieses Piepsen, das ich die ganze Zeit in meinen Ohren höre?

Langsam, aber vorsichtig öffne ich meine Augen, in denen sich ein starker Lichtimpuls bemerkbar macht.

»Da ist sie ja wieder«, sagt die Stimme.

Wer ist wo wieder da? Ein Schmerz in meinem linken Handrücken ist spürbar. Wovon geht er aus? Habe ich mir meine Hand gebrochen?

Ich blicke über mich und ein Mann, den ich zuvor noch nicht gesehen habe, schaut mir direkt in die Augen. Ich bin zu Hause, denn ich sehe die Dachluke, die verschlossen ist.

»Caro?« Eine bekannte Stimme ruft meinen Namen. Es ist Emma.

»Liebes, was ist denn passiert?«, fragt sie mich, während ein weiterer Mann an meinem Arm etwas aufpumpt.

»Ich messe nur deinen Blutdruck, bitte bleib ruhig.«

»Wie fühlst du dich, Caroline?«, fragt mich die Person, die jetzt aufgehört hat, mir in meine Augen zu leuchten. »Mein Name ist Doktor Manuel Weiß, wir sind von deinem Mann alarmiert worden, Caro.«

Erst jetzt kann ich ihn klarer sehen. Er ist blond und hat ein sehr auffälliges Piercing durch seine Augenbraue. Ist das überhaupt erlaubt? Ich weiß es nicht.

»Was ist passiert?«, stammle ich vor mich hin.

»Du bist aus der Dusche gerannt gekommen wie eine völlig Irre und bist auf dem Fußboden ausgerutscht. Dabei hast du dir eine ziemliche Platzwunde auf dem Hinterkopf zugezogen«, antwortet mir Sam, der mich besorgt ansieht.

»Wo ist Ben?«, frage ich ihn.

»Ihm geht es gut«, antwortet Emma.

»Du hast ja anscheinend einen heftigen Schlag abbekommen, Caroline Brand«, stellt der Arzt fest. »Wir nehmen dich mit ins Krankenhaus nach Grammel. Dort machen wir dann ein CT bei dir.«

»Muss das sein?«, frage ich ihn frustriert.

»Definitiv«, grinst er mich an.

Seine beiden Kollegen haben bereits eine Liege – wie man sie aus Filmen kennt – neben mir deponiert, um mich vermutlich umzulagern.

»Könnten Sie für Ihre Frau etwas zum Anziehen besorgen?«, fragt einer der Rettungssanitäter Samuel.

»Natürlich«, nehme ich hinter mir wahr.

»Auf mein Kommando: eins, zwei und hoch«, höre ich vom Doktor, der meinen Kopf schützend in seinen Händen hält.

»Können wir?«, fragt er mich, während mich die zwei anderen anschnallen.

Wo sollte ich denn hin? Abhauen?

Ich nicke.

. . .

Die Lichter im Rettungswagen sind extrem. Sie leuchten direkt in meine Augen und brennen darin. Könnte man die nicht einfach abschalten? Einfach dunkel machen, so wie es draußen ist?

Samuel schmeißt eine dunkle Tasche, meine Reisetasche, zu mir nach hinten. Er hat mir in der Zwischenzeit etwas zusammengepackt, denn ich bin immer noch nur mit einem Handtuch bedeckt auf der Liege.

»Ich komme dich morgen besuchen, versprochen«, schreit er mir zu, während die große Seitentür ins Schloss fällt.

Einer der Pfleger bemerkt, dass ich mich unwohl fühle. Oder fühlt er sich unwohl, wenn eine Frau halbnackt vor ihm liegt? Jedenfalls besorgt er mir eine Decke, nicht irgendeine kuschlige, sondern eine, die knistert, wenn man sich bewegt: eine Rettungsdecke mit einer goldenen und silbernen Seite.

»Wie geht es dir, Caro?«, fragt mich der Arzt nochmals.

»Kopfschmerzen und mir ist übel«, erkläre ich ihm.

»Gehirnerschütterung«, sagt er zu einem Kollegen.

Vermutlich. Das ist mir noch nie passiert, dass ich auf einem Boden zu Hause ausgerutscht bin, egal wie feucht oder nass es war. Ich habe immer aufgepasst, aber heute anscheinend zu wenig.

Einer der beiden reicht mir einen Brechbeutel und wieder ein anderer, vermutlich der Arzt, der hinter mir sitzt, erhöht meinen Oberkörper, indem er die Liege nach oben klappt.

Mein Finger wird in irgendeine kleine Kuppe gesteckt und sofort fängt das Gerät neben mir an zu piepsen.

Ich zucke zusammen, denn ich habe mich erschrocken. Was ist das? Als ich mich zur Seite drehe, sehe ich das große weiße Ding mit einem schwarzen Monitor, auf dem meine Herzschläge zu sehen sind.

Dann pumpt das Gerät wieder Luft in die Manschette, die immer noch an meinem Arm hängt. Es kommt mir so vor, als höre es nie wieder auf. Vielleicht wollen sie mir ja den Arm abtrennen, kann auch sein.

Die Fahrt ins Krankenhaus fühlt sich wie eine Ewigkeit an. *Sind wir schon da,* will ich die ganze Zeit fragen, aber mein Mund fühlt sich staubtrocken an. Ich weiß nicht, ob sich noch irgendeine Flüssigkeit in mir befindet.

»Wasser«, stammle ich vor mich hin.

»Nach dem CT«, antwortet der Arzt kühl.

Vermutlich macht er als Notarzt einiges mit. Ich kann es ihm nicht einmal verübeln, wenn er genervt ist oder einen schlechten Tag hat. Alles im Leben hat seine Vor- und Nachteile, das weiß ich.

. . .

»Ins CT mit ihr«, brüllt der Arzt, während der erste Sanitäter aus der Seitentür verschwindet, um die Tür vor meinen Füßen zu öffnen.

»Welches Gebäude?«, fragt er, während er mich nach draußen schiebt.

»C«, ist die Antwort des Arztes.

Ich mag keine Krankenhäuser. Sie sind mir nicht sympathisch, auch wenn ich das letzte Mal hier sehr gut behandelt worden bin. Vermutlich habe ich zu viel Zeit hier verbracht und kann es einfach nicht mehr hören oder sehen.

Im Raum, in dem das große Gerät steht, ist es verhältnismäßig ruhig. Er ist lichtdurchflutet und enorm groß.

Auf dem Rücken liegend kann ich nicht allzu viel erkennen und auch die Stimmen hören sich weit entfernt an. Das wird nicht wehtun, da bin ich mir ziemlich sicher. Sicherlich bin ich darin auch schon einmal gewesen und habe es nicht einmal mitbekommen.

Der Sanitäter redet mit dem Pfleger und der Pfleger begutachtet mich. Er schüttelt den Kopf, dann nickt er und wendet den Blick von mir ab.

Jetzt kommt er auf mich rasch zu und ein Gefühl von Angst bahnt sich in mir an. Er geht nicht normal wie jeder andere Mensch, er rennt förmlich.

»Willkommen zurück, Frau Brand«, meint er und grinst mich an.

Hat er meine Akte gesehen oder ist er einer meiner Betreuer gewesen, als ich den Unfall gehabt habe? Kennt er mich schon oder hat er nur die Zeitungsartikel gelesen?

Ohne ein weiteres Wort heben mich beide in die Höhe und legen mich auf die schmale, harte Liege. Auf einmal bewegt sich diese nach hinten und ich verschwinde mit ihr in der ringförmigen Öffnung.

»Entspannen Sie sich«, höre ich eine Stimme aus allen Ecken und Kanten ertönen. »Wenn es Probleme gibt, können Sie den Knopf über Ihnen drücken und so mit mir sprechen.«

Es ist sehr eng hier und ich fühle mich nicht wohl. Vielleicht liegt es auch daran, dass ich etwas Platzangst habe.

Schlagartig beginnen die Kreise um mich herum sich zu drehen und ich kneife meine Augen zusammen. Mir wird schwindlig, auch wenn ich nur kurz hingesehen habe. Alles in mir und außerhalb dreht sich.

Es fühlt sich wie eine Ewigkeit an. Es hört nie wieder auf. Es sind vermutlich schon fünf Minuten vergangen und es ist noch kein Ende in Sicht.

Ich zähle langsam eine weitere Minute, bis alles leise wird und so schnell aufhört, wie es begonnen hat. Zeitgleich fährt die Liege wieder nach draußen und ich atme tief ein.

»Alles geschafft«, sagt er stolz.

Eine Pflegerin kommt mit einer weißen Liege auf mich zu und bittet mich rüberzurutschen, was mir nicht schwerfällt. Sie scheint nett zu sein, jedenfalls netter als der Pfleger im CT.

Sie schiebt mich nach draußen und lässt mich im Flur des großen Krankenhausgebäudes stehen. Sicherlich muss ich die Ergebnisse abwarten, bevor ich in ein Zimmer komme. Oder wissen sie noch nicht, in welches Gebäude ich muss?

Auf der anderen Seite der Mauer liegt auch ein Patient und direkt daneben sitzt einer in einem Rollstuhl. Beide warten vermutlich auch auf das Ergebnis.

Es dauert nicht lange, bis dieselbe Schwester wiederkommt und mich den langen Flur nach unten schiebt. Links und rechts von mir befinden sich die Zimmer, die sicherlich alle besetzt sind. Eines davon wird für mich vorgesehen sein.

Niemand in diesem Krankenhaus ist sehr gesprächig. Das ist mir schon am Empfang aufgefallen. Es wird nur das Nötigste gesagt und für den Rest ist keine Zeit. Jedenfalls fühlt es sich so an.

Sie öffnet eines der Zimmer. Zimmer 309 kann ich erkennen, bevor sie mich in den Raum schiebt. Sie bittet mich wieder, dass ich mich ins Bett lege. Sie sieht mir dabei zu, wie ich mich bemühe, es möglichst schonend auszuführen. Dann geht sie.

Das Zimmer sieht wie das bei der Psychologin aus. Eine Wand ist rosa und die andere ist in einem pastellfarbenen Blau gehalten. Wie im gesamten Gebäude gibt es auch hier in jeder Ecke eine Pflanze und einen Fernseher. Dieser ist gerade mal so groß, dass man vom Bett aus die Schrift nur kaum lesen kann.

Das Bett neben mir ist leer. Vielleicht kommt noch im Laufe des Abends jemand dazu. Hoffentlich bleibe ich allein. Das würde ich mir wünschen.

Es klopft an der Tür und noch bevor ich etwas sagen kann, öffnet sich diese. Ein großer, gut aussehender, dunkelhäutiger Mann mit einem weißen Kittel kommt auf mich zu und blickt in die Unterlagen, die auf einem Klemmbrett gespannt sind.

»Frau Brand«, beginnt er.

»Ja?«

»Wie geht es Ihnen?«, fährt er fort.

»Den Umständen entsprechend«, erwidere ich.

»Sie haben Glück gehabt«, lächelt er, »die Folgen Ihres Sturzes sind nicht so fatal wie angenommen. Es handelt sich um eine leichte Gehirnerschütterung. Wir würden Sie gerne über Nacht beobachten. So dürfen Sie morgen am Vormittag nach Hause gehen.«

Ich lächle.

Das sind gute Neuigkeiten, finde ich. Dann kann ich morgen Nachmittag arbeiten gehen und die restlichen Vorbereitungen für das Fest am Samstag treffen. Die Zeit drängt.

»Wir sehen uns morgen«, meint er, bevor er aus der Tür verschwindet.

22:03 UHR

»Heute in den Spätnachrichten: Leichenfund in Moosbach, …
Ein Dorfbewohner von Moosbach hat die Leiche der Frau mittleren Alters am Rande der Michaeler Wiese gefunden und die Polizei alarmiert. Dieser konnte die Frau identifizieren, da sie im örtlichen Nationalpark am Empfang arbeitete. Die 38-jährige Cloe G. ist laut ersten Erkenntnissen einem Gewaltverbrechen zum Opfer gefallen, da sie mehrere Hämatome am gesamten Körper aufweist.

Eine Vergewaltigung ist noch nicht auszuschließen.

Wir werden Sie auf dem Laufenden halten, sobald mehr bekannt ist.«

Wortlos schalte ich den Fernseher aus, drehe mich zur Seite und schließe meine Augen.

VIERZEHN

FREITAGMORGEN

Die Nacht war miserabel. Ich konnte kaum schlafen. Wer würde Cloe so etwas antun? Sie wurde doch von allen geliebt und bewundert.

Weiß es Sam schon? Und Emma, die sie so gehasst hat? Noch gestern erst hatte Samuel Streit mit Cloe. Wird er deshalb zum Tatverdächtigen? Fragen über Fragen durchlöchern meinen Kopf. Was war geschehen?

Sam wurde gestern noch Bescheid gegeben, dass ich heute nach Hause gehen darf, also wird er beizeiten kommen und mich holen. Er ist ein pünktlicher Mensch und kommt nur dann zu spät, wenn etwas Schlimmes passiert ist.

Erst jetzt nehme ich die Linien auf dem Boden und an den Wänden wahr. Alle haben eine andere Farbe und verteilen sich in unterschiedliche Räume.

. . .

Sams Auto steht bereits geparkt vor dem Ein- und Ausgang des Krankenhauses. Er sieht sich das Gebäude genauer an und raucht eine Zigarette. Er hat schon einmal damit aufgehört und anscheinend wieder damit angefangen.

Heute sehe ich ihn das erste Mal wieder rauchen, aber das stört mich nicht, ganz im Gegenteil. Ich mag den Geruch an ihm. Ich liebe den kalten Zigarettenrauch in meiner Nase.

Nachdem er eine ganze Runde über all die Dächer des Krankenhauses geblickt hat, dreht er sich doch endlich mal in meine Richtung.

Hastig rennt er auf mich zu und nimmt mir die Tasche ab, die er für mich gestern gepackt hat, Sie ist schwer, aber nicht so schwer, dass ich es nicht allein geschafft hätte.

Er umarmt mich ganz fest. Dachte er, ich würde nie wieder nach Hause kommen? Ben sitzt noch immer angeschnallt im Auto. Er bestaunt einen Krankenwagen.

Über Nacht hat es geregnet und die Pflastersteine sehen rutschig aus. Weiter oben hat es geschneit und die Schneefallgrenze liegt ziemlich tief. Vermutlich hat es auch bei uns geschneit, aber Sam hat bestimmt keine Ketten montieren müssen.

Sam ist ein guter Fahrer und ein sicherer noch dazu. Auch wenn er ab und zu wie ein Irrer rast, fühle ich mich bei ihm wohl.

»Wie geht es dir?«, fragt er mich besorgt.

Seine Augen sehen müde aus und Augenringe zieren sein Gesicht. Schlimme Kratzer sind auf seiner Handfläche zu erkennen und er trägt dieselbe Kleidung wie gestern.

Hatte er in der Nacht wieder einen Notfall in den Bergen oder wurde er zu Cloes Leiche gerufen, da diese in seinem Gebiet gefunden wurde?

»Mir geht es gut, danke. Dir?«, frage ich ihn.

Er starrt mich von oben bis unten an. Es scheint, als wäre er paranoid. Hektisch dreht er sich ständig nach links und nach rechts um, nach hinten und nach oben. Wen sucht er?

Er nimmt meine Hand und hält diese ganz fest. So hält er mich immer fest, seit wir uns vor über zwanzig Jahren kennengelernt haben. Daran kann ich mich noch erinnern.

»Mir geht es auch gut.« Er starrt in Richtung Auto.

Denkt er, dass ich nicht weiß, was gestern Abend passiert ist? Vermutlich.

»Hallo, mein Schatz«, sage ich, nachdem ich die Tür zu Bens Seite geöffnet habe.

Ich gebe ihm einen Kuss auf seine Stirn. Sam sieht in den Rückspiegel und zieht eine Augenbraue hoch. *Darf man jetzt nicht mehr seinen eigenen Sohn begrüßen,* verkneife ich mir zu sagen.

»Ist der Nationalpark bis auf Weiteres geschlossen?«, frage ich ihn.

»Wie kommst du darauf?«, murmelt er vor sich hin.

»Cloe.«

Er sieht mich plötzlich mit seinen dunklen, fast schon tiefschwarzen Augen an. Damit hat er nicht gerechtet, das sieht man ihm an. Wie auch? Das ganze Internet ist voll von Posts der Presse und Zeitungen. Auch auf bekannten Plattformen kommt man nicht drum herum.

Stillschweigen.

Keine Andeutung, dass er etwas dazu sagen wird. Vermutlich ist es auch besser so, dass wir das Thema nicht vor unserem kleinen Jungen diskutieren.

Also ist der Park dennoch geöffnet? Wer sitzt denn jetzt im Büro, wenn sie nicht mehr da ist? Ich weiß nicht, ob ich mich darüber freuen soll oder weinen. Weinen wäre wahrscheinlich angebrachter, aber mich hat es gestern auch nicht tiefsinnig berührt, als ich davon erfahren habe. Sollte ich mich deshalb schlecht fühlen? Nein, ich denke nicht.

. . .

Nach einer gefühlten Ewigkeit fahren wir in den Vorhof, in dem schon Emma auf uns wartet. Sie sieht besorgt aus, besorgter als Sam. Die Stimmung ist hier allgemein gedrückt.

Die Turmuhr im Dorf schlägt eine weitere volle Stunde. Sie ist nur leicht zu hören, aber dennoch da. Sie unterbricht die erdrückende Stille. Ben rennt im Hof kreuz und quer.

10:00 Uhr

Ein leises Gackern wie das von Hühnern ist aus dem Gehege zu vernehmen. Ruckartig blicke ich in die Richtung, aus der es kommt, und erblicke eins, zwei, …, sieben Hennen und sogar einen bereits großen, ausgewachsenen Hahn mittendrin.

Eilig renne ich zu ihnen, um mich zu vergewissern, ob das wirklich wahr ist oder ob ich mir das Ganze nur einbilde. Tatsächlich. Acht quicklebendige Tiere picken glücklich auf dem Boden herum und ziehen die Regenwürmer, die mit dem Kopf aus dem Boden ragen, heraus.

»Ich fasse es nicht«, schreie ich schon förmlich überglücklich. »Aber wann … ?«

»Heute Vormittag auf dem Markt«, meint Emma.

Sie muss dafür schon sehr früh aufgestanden sein und einen der ersten Busse genommen haben. Nur damit ich wieder frühmorgens Arbeit habe? Das ist lieb von Sam und Emma.

»Diese sterben nicht mehr, dafür habe ich gesorgt«, meint Sam und sieht dabei Emma an.

Das Gehege wurde verstärkt, Bretter wurden in den Boden gesteckt und ein Netz wurde drangehämmert. Es sieht sicherer und stabiler als vorher aus und ich blicke voller Zuversicht hinein.

Ich lächle. Es macht mich glücklich zu sehen, wie viel Mühe sich diese beiden Menschen antun, um mich glücklich zu machen.

Ruckartig holt mich aber wieder die Realität ein. Ein starker Druckschmerz macht sich in meinem Kopf bemerkbar und mir wird schwindlig. Ich halte mich an einem der Bretter fest und kneife meine Augen zusammen. Das müssen wohl die Auswirkungen von gestern sein.

Sam und Emma eilen mir zur Hilfe, aber ich fühle mich sicher genug, allein ins Haus zu gehen und das gebe ich ihnen mit einer schnellen Handbewegung zu verstehen.

Das Haus sieht aufgeräumter aus als gestern. Bekleidung, die überall verteilt war, ist weggeräumt und auch die Wäsche wurde bereits aufgehängt. Der Boden wurde gewischt und auch das Geschirr und die Tassen, die auf dem Waschbecken standen, sind weg.

Ich habe wohl etwas verpasst, denke ich mir und muss dabei schmunzeln. Vermutlich habe ich jetzt noch einen größeren Dachschaden als vorher, aber der Gedanke daran amüsiert mich.

»Musst du heute nicht arbeiten, Sam?«, frage ich ihn, während ich mich auf die Couch fallen lasse.

»Ja, ich werde gleich gehen«, erwidert er.

»Wie fühlst du dich?«, sieht mich Emma verwundert an.

»Ich habe mich nie besser gefühlt«, versuche ich sie zu überzeugen.

Sogar das Wandregal mit den vielen Büchern wurde neu geordnet und auch alphabetisch einsortiert.

Emma setzt sich auf das Sofa neben mich und starrt mich an. Sucht sie etwas? Noch bevor ich sie fragen kann, wendet sie wieder den Blick von mir ab.

Das Klacken der Wanduhr ist so laut. Alles hier in diesem Raum ist so laut. Jede einzelne Diele in diesem Haus ist zu hören. Ben rennt oben herum und Sam geht die Treppe nach unten.

»Ich muss los«, sagt er.

»Ich sollte mitgehen. Es ist niemand im Büro, oder?«

»Der Park ist geschlossen und du bist erst mal beurlaubt«, erklärt er mir.

Beurlaubt? Beurlaubt war ich ein halbes Leben lang. Die Zeitung ist heute auch noch nicht gekommen und im Internet finde ich seit gestern um 23:00 Uhr keine neuen Einträge zu Cloe.

Sam verlässt das Haus und steigt in seinen Wagen, den er in Poleposition vor dem Haus abgestellt hat. Beurlaubt? Was soll ich denn jetzt machen? Das gesamte Haus ist doch schon blitzeblank und die Arbeiten auf dem Hof sind auch bereits erledigt.

Emma öffnet den Mund und will etwas sagen. Plötzlich schließt sie ihn wieder. War wohl doch nicht so wichtig oder sie muss erst überlegen, wie sie es mir beibringen soll.

»Sam hat Cloe gefunden«, schießt es aus ihr plötzlich heraus.

Mein Mund steht sperrangelweit offen. Er ist also der einheimische Passant, der die Leiche gefunden hat. Er hat sich nichts anmerken lassen und hat diesbezüglich auch keinen Kommentar abgegeben. Wird er deshalb zum Hauptverdächtigen?

»Und nun?«, frage ich sie.

Sie nimmt sich aus ihrer Tasche das Strickzeug und setzt die eine Nadel auf die andere. Das Wollknäuel wirft sie auf den Boden und lässt sich nach hinten fallen. Sie wartet auf etwas, nur auf was?

Schweigen.

Ich nehme den Kugelschreiber, der auf dem Couchtisch liegt, und ziehe mein Notizbuch wie eine Pistole aus meiner Jackentasche.

Sam hat Cloe gefunden.

Ich habe das Gefühl, als würde mir die Decke auf den Kopf fallen. Die Wanduhr klickt und klackt und in jeder Ecke hallt es nach. Die Bücher, die so schön geordnet sind, habe ich noch nicht alle gelesen. Obwohl ich viel lese, bin ich nicht dazu gekommen oder ich habe es einfach vergessen, dass ich sie bereits gelesen habe. Das könnte natürlich auch sein.

Ich schmunzle.

Emma sieht über die Brille zu mir. Sie denkt sich vermutlich, dass ich etwas herausgefunden habe oder sie auslache. Sie ist nie neugierig. Sie weiß, alles Wichtige bekommt sie heraus und alles andere geht sie nichts an.

»Wo ist eigentlich Benjamin?«, fragt sie mich nach einer gefühlten Ewigkeit.

»Ich denke, er ist draußen spielen.« Ich spähe um die Ecke und kann die offene Eingangstür sehen.

Ohne viele Worte gehe ich nach draußen und blicke in den Vorhof. Er ist leer. Die Hennen und den Hahn lasse ich aus dem Gehege. Sie warten schon so gespannt darauf, die neue Heimat kennenzulernen und rennen drauflos.

Von Ben keine Spur.

Der Garten müsste mittlerweile voller Unkraut sein. Ich war eine Weile nicht mehr dort, denn es hat in der letzten Zeit sehr oft geregnet. Also werde ich wahrscheinlich den ganzen Vormittag jäten.

Eine Henne verfolgt mich. Ich finde es witzig, wie sie mir mit ihren kleinen Füßen nachrennt. Sie ist grundsätzlich weiß. Schwarze Flecken sind über das gesamte Gefieder verteilt. Sie ist schön. Ich finde sogar, dass sie die schönste von allen ist. Die anderen sind sehr schlicht. Braun, schwarz oder komplett weiß. Der Hahn ist bunt, jedenfalls der Kopf.

»Ben?«

Immer noch weit und breit keine Spur von ihm. Vielleicht versteckt er sich wieder im Schuppen neben dem Garten oder ist an der Waldgrenze mit *Maja*. Maja ist seine imaginäre Freundin. Er hat sehr viel Vorstellungskraft und eine blühende Fantasie.

Mittlerweile hat die Henne von mir abgelassen und geht ihren eigenen Weg. In den Wiesen neben unserem

Haus gibt es sehr viele Regenwürmer, die sie fressen kann.

Ich blicke in den Garten. Auch er ist gepflegt. Kein einziger Grashalm ist dort, wo er nicht sein dürfte. Die Wege zwischen den einzelnen Beeten sind in die kalten Gartenerde reingedrückt. Ich schüttle den Kopf und kneife meine Augen zusammen. Wie ist das möglich? Ich war doch nur eine Nacht lang weg.

Kopfschüttelnd gehe ich in den Schuppen, dessen Tür geschlossen ist. Zumindest der sieht noch aus, wie ich ihn hinterlassen habe.

»Maja, komm. Ich zeige dir meine Mama«, höre ich von draußen Ben schreien.

Dachte ich mir schon, dass er wieder mit ihr unterwegs ist. Da es hier sehr schwierig ist, richtige Freunde zu finden, erfindet man sich einfach welche.

Es dauert nicht lange, bis Ben in der Scheune steht. Irgendetwas hält er in seinen Händen, denn er drückt sie fest zusammen.

»Was hast du da?«, frage ich ihn, denn er sieht mich mit großem Funkeln an.

Er öffnet die Hände voller Stolz und zeigt mir eine große Kröte, die gerade so in seinen Handflächen Platz hat. Ich zucke zusammen. So etwas Ekliges habe ich schon lange nicht mehr gesehen.

»Was willst du damit machen?«, frage ich ihn angewidert.

»Die haben wir zusammen gefangen. Ist sie nicht schön?«, fragt er mich und präsentiert sie immer noch voller Stolz.

»Wunderschön, mein Schatz, bring sie doch raus und lass sie laufen. Sie hat bestimmt schon Angst.«

Der Spaten, der auf dem Boden liegt, ist an der Spitze voll mit Erde übersät. Er muss vermutlich runtergefallen sein, als der Wind durch die Hütte gepfiffen hat.

Ich schrecke auf und mache zwei große Schritte nach hinten, als ich in meinem Augenwinkel eine zweite Person stehen sehe, die nicht größer ist als er.

Sie kam wie aus dem Nichts und Ben hat keine Angst vor ihr. Im Gegenteil. Er lässt die Kröte auf den Boden fallen und nimmt ihre Hand. Sie sieht so aus, als lebe sie im Wald. Ihre Kleidung ist von den Füßen bis hin zum dürren Hals mit Dreck besudelt und hat überall dort Löcher, wo Löcher sein können. Ihre Haare haben schon seit einer Ewigkeit keinen Kamm mehr gesehen und sie riecht recht unangenehm bis hierher.

»Du meine Güte«, schreie ich voller Schreck.

»Das ist Maja«, meint Ben.

Maja existiert? Wo kommt das arme Mädchen denn her? Hat sie denn keine Familie? Ich bin überfordert und setze mich erst mal auf den mit Staub bedeckten Boden. Beide stehen in der Tür und bewegen sich nicht. Nur durch das Licht, das auf ihre Rücken strahlt, kann ich ihre Silhouetten sehen.

Ben kommt auf mich zu und nimmt meine Hand, die auf meinem Knie liegt. Er sieht sich meine Finger an und berührt mit seinen kleinen Händen jede einzelne Rille in meiner Handfläche.

»Soll ich dir zeigen, wo Maja liegt?«, fragt er mich, während er immer noch auf meine Handfläche starrt.

»Natürlich, mein Schatz, zeig sie mir.«

Ich blicke an ihm vorbei. Maja ist nicht mehr da, wo sie davor gestanden ist. Wo ist sie hingerannt? Habe ich ihr Angst gemacht?

Ich stütze mich mit meiner anderen Hand auf dem Fußboden ab und versuche so aufzustehen. Es dauert nicht
lange, bis Ben an meiner Hand zieht und mich aus der
Hütte bringt.

Die Kröte liegt im Gras. Nicht weit entfernt von der
Stelle, an der sie Ben hingeschmissen hat. Sie scheint
nicht verletzt zu sein. Jedenfalls auf den ersten Blick
nicht. Sie kriecht vor sich hin, als wäre nichts gewesen.

Ben zieht und zieht. Es kann ihm nicht schnell genug
gehen und er reißt an mir, sodass meine Schulter anfängt
zu schmerzen. Was will er mir denn so dringend zeigen?
Hat er etwas angestellt und ihn verfolgen jetzt Schuldgefühle?

Es gibt keinen Weg, der in den Wald führt. Kein
Forstweg, der offiziell anerkannt ist und keine Schilder,
die einem den Ausgang aus dem Wald zeigen könnten,
wenn man sich verlaufen hätte. Aber wir verlaufen uns
nicht. Ben fühlt sich in diesem Wald wohl und kennt jeden einzelnen Baum, der hier steht. Jedenfalls fühlt es
sich so an, weil er präzise einem Ziel zusteuert.

Ein großer Stein, der mitten in einer Lichtung steht,
wird von mehreren Bäumen umgeben. Unsere Scheune
ist fast nicht mehr zu sehen, aber auf dem zurückgeleg-
ten Weg stehen auffällige Sträucher mit roten Beeren,
die ich vermutlich wiederfinden würde.

Ben zieht immer noch.

Jetzt nicht mehr.

Er bleibt vor dem Stein stehen und ich versuche seinen Blicken zu folgen. Was will er mir zeigen? Es scheint
nichts Auffälliges hier zu sein. Alles sieht normal aus,
wie ein Wald eben aussehen sollte.

»Siehst du es denn nicht?«, fragt er mich.

Sein Blick fixiert einen Punkt auf dem Felsen. Oder sieht er doch daneben vorbei? Er zieht mich etwas zur Seite und ich kann in ein großes Loch hinter dem Felsen blicken. Hat er es gegraben?

Er lässt meine Hand los und geht vorsichtig auf das Loch zu. Mit sanften Schritten folge ich ihm und versuche zu verstehen, was er mir sagen will.

»Pass auf, fall nicht hinein«, rufe ich ihm zu, als seine Schritte immer schneller werden.

Ich laufe auf ihn zu und ziehe ihn an seinem Arm zu mir. Als ich in die Grube blicke, enthüllt sich ein schreckliches Bild vor meinen Augen. Ich falle vor Schreck nach hinten und reiße versehentlich Ben mit auf den Boden. In der Grube liegt das Mädchen.

Ich bäume mich nochmals auf und sehe abermals – dieses Mal vorsichtiger – in das tiefe Loch. Es liegt immer noch da und sein Brustkorb bewegt sich nicht mehr. Es ist von oben bis unten mit Erde bedeckt und seine Augen sind geschlossen.

»Mami, das ist Maja. Maja, das ist Mami.«

FÜNFZEHN

FREITAGVORMITTAG

Maja existiert nicht mehr. Maja ist mausetot. Das habe ich mittlerweile festgestellt. Verzweifelt greife ich in meine Taschen, aber von meinem Handy keine Spur.

Jetzt ziehe ich Ben. Weg von der Leiche und raus aus diesem Wald. Durch die Sträucher mit den roten Beeren hinweg zur Scheune, die wieder sichtbar wird.

»Was machst du da, Mama? Du tust mir weh«, quengelt er.

Ich sehe nur mehr den Ausgang. Ich will hier einfach nur weg. Gekicher ist im Wald zu hören. Überall, als ob wir umzingelt wären. Es ist ein leises Kichern, eines, das von einem kleinen Mädchen kommen muss und immer lauter wird, je weiter wir uns vom Wald entfernen. Es hört sich kindlich und verspielt an, so als würde das Mädchen noch spielen.

»Hör auf«, schreit Ben mich wütend an, »vor ihr solltest du keine Angst haben. Du solltest vor jemand anderem Angst haben, aber nicht vor ihr.«

Sein Geschrei durchdringt meine Schädelhöhle und hallt darin nach. Ich sehe ihn an und seine Augen sind schwarz. Er sieht wütend und gleichzeitig auch traurig aus.

»Wir gehen zu Tante Emma«, versuche ich ihn zu beruhigen.

Wer sollte mir denn glauben, dass wir auf unserem Grundstück eine Leiche haben? Wie sieht das aus? Wer wollte uns denn das antun?

Ich kann nicht mehr klar denken. Alles um mich herum wirkt verschwommen, als wäre ich in einem Zug, der mit 200 Kilometern pro Stunde über die Schienen brettert.

. . .

»Emma«, schreie ich durch die Eingangstür. »Es ist etwas Schlimmes passiert«, fahre ich fort.

Ich stürme durch die Tür und falle ins Wohnzimmer.

Sie sieht mich an.

Ich sehe sie an.

»Ein kleines Mädchen …«, stammle ich, »… bei uns im Wald begraben.«

»Wie meinst du das?«, fragt sie mich so, als hätte sie mir gerade nicht zugehört.

»Wie ich es sage. Wo ist mein Telefon?«, versuche ich sie ruhig zu fragen.

Sie zeigt mit dem Finger auf den Tisch vor sich. Ich musste es in der Eile übersehen haben. Es wird nämlich nicht von etwas verdeckt. Ich habe es einfach nicht gesehen.

Gerade als ich nach dem Handy greifen will, reißt es Emma vom Tisch runter. Hat sie mir nicht zugehört? Ein kleines Mädchen, das vermutlich im gleichen Alter ist wie Ben, liegt tot im Wald. Auf unserem Grundstück in unmittelbarer Nähe unseres Hauses.

»Wir gehen gemeinsam nachsehen«, schlägt sie mir vor.

Na gut. Dann rufen wir eben nicht die Polizei oder den Rettungswagen oder die Mordkommission oder sonst etwas, was wir brauchen könnten. Ich hoffe nur, dass der Mörder nicht noch in der Nähe war oder immer noch ist.

Manchmal verstehe ich Emma nicht. Wie kann ein Mensch in so einer Situation ruhig bleiben? Was daran hat sie nicht verstanden? Es ist doch alles logisch. Eins und eins ergibt zwei.

Mir wird schlecht, wenn ich daran denke, worauf wir gerade zugehen. Erst jetzt realisiere ich die Situation. Meine Hände zittern und Ben rammt mir seine Nägel in meinen Handrücken, aber das ist okay.

Es war noch nie so still an diesem Ort. Nichts ist mehr zu hören und auch die Luft fühlt sich so an, als würde sie stehen. Nichts bewegt sich. Nur Emma, die den Weg mit mir entlanggeht.

Ben rennt voraus und direkt auf den Wald zu. Emmas Schritte werden langsamer, als wir uns der Waldgrenze nähern. Sie bleibt stehen und ich starre sie an. Was macht sie da?

Sie macht ein Kreuzzeichen, kniet sich hin und fängt an zu beten. Laut und mit klarer Stimme spricht sie den Rosenkranz in- und auswendig herunter. Sekunden, Minuten vergehen, in denen nur ihre Stimme zu hören ist. Dann ein Moment der Stille, bis sie sich wieder aufrafft, erneut ein Kreuzzeichen macht und mich das erste Mal wieder ansieht.

»Ich wäre dann so weit«, meint sie nimmt meine Hand und zieht mich in den Wald hinein.

Ben ist nicht mehr zu sehen. Er kennt den Wald besser als ich, da bin ich mir ziemlich sicher, denn er verbringt viel Zeit in dieser Dunkelheit. Jedenfalls hätte ich ihn gebraucht, denn ich bin mir nicht sicher, dass ich den richtigen Weg einschlage.

Rote Beeren. Wir müssen richtig sein.

Schlagartig drehe ich mich zur Seite. Im Augenwinkel kann ich eine kleine Gestalt erkennen, die so schnell wieder verschwindet, wie sie aufgetaucht ist.

»Hast du das gesehen?«, frage ich Emma, die scheinbar den Weg besser kennt als ich.

Der Felsen ist da. Direkt vor uns erstreckt sich der mächtige Steinklotz, der auf einer Seite mit Moos bedeckt ist. Bevor wir noch gegen den Felsen brettern, bleibt Emma ruckartig stehen und blickt zuerst nach links und dann nach rechts. Abwechselnd in beide Richtungen, bevor sie mich anstarrt.

Ich starre sie an.

Das Loch ist immer noch da. Ich habe es mir also nicht eingebildet. Wie aus dem Nichts steht Ben plötzlich neben mir. Er nimmt meine Hand und drückt sie zusammen. Ohne ihn eines Blickes zu würdigen starre ich noch immer in den Graben der Verdammnis. Ich finde jedenfalls, das wäre ein guter Name für so einen Ort.

Tante Emma tritt einen Schritt nach vorne. Ich gehe ihr hinterher und fühle ein leichtes Ziehen in meinem Arm. Ben scheint sich zu wehren, das kann ich auch verstehen.

Ein stechender Schmerz macht sich in meiner Handfläche bemerkbar.

»Aua, du tust mir weh, Ben«, sage ich, während ich mich das erste Mal zu ihm umdrehe.

Instinktiv löse ich meine Hand von diesem stechenden Leid. Es ist nicht Ben. Es ist nicht mein kleiner Junge, der meine Hand so festgehalten hat, dass es schon fast schmerzt. Es ist *sie*. Maja, das kleine Mädchen von vorhin.

Ich schreie auf, als ich das Mädchen, das in mein Gesicht starrt, entdecke. Wie mechanisch gesteuert gehe ich zwei Schritte zurück und falle in den Graben. In die Pforte zum Höllenloch.

Besorgt sieht Emma auf mich herab und wortlos versuche ich ihr zu erklären, dass das Mädchen, das ich vorhin hier gesehen habe, neben ihr steht. Ergebnislos. Meine Kehle ist wie zugeschnürt.

»Ich hole Hilfe«, schreit sie mir zu, während sie hinter der Kante verschwindet.

Meine Beine fühlen sich gefühllos und kalt an, aber meine Arme kann ich noch bewegen. Wie kam das Mädchen denn von hier nach oben? Konnte ich mich so täuschen? Es war nicht tot, oder?

Rotierende Bewegungen mit meinem Kopf sind noch möglich, also erkunde ich das Erdloch, in dem ich liege. Der Boden ist hart und kalt. Es ist die klassische Szene aus einem Horrorfilm, nur dass es Tag ist.

Langsam kommt das Gefühl in meinen Beinen wieder. Alles, was ich vorhin nicht gespürt habe, spüre ich jetzt umso mehr. Ein Ziehen und ein Stechen machen sich im gesamten rechten Bein bemerkbar. Ich erschrecke.

Habe ich mir den Fuß gebrochen? Insgeheim habe ich Angst, auf den Fuß zu sehen, aber es nützt nichts.

Von den harten Steinen, die sich in meinen Rücken bohren, bekomme ich Schmerzen. Deshalb beuge ich nun meinen Oberkörper nach oben.

Die schlichte Jeans, die ich sonst nur sonntags anhabe, ist voller Staub und Schmutz. Das rechte Hosenbein ist zusätzlich mit Blut verschmiert, das so eine ähnliche Konsistenz hat wie Schlamm.

Während ich mit der Hand den Dreck von meiner Jeans klopfen will, fällt mir auf, dass das Ziffernblatt meiner Armbanduhr gesprungen ist. Nur mehr schwer kann ich den langen Zeiger auf der Zwei erblicken.

Es müsste also bereits 11:10 Uhr sein.

Wo bleibt sie denn? Sie wollte doch nur zum Haus zurück und jemanden kontaktieren, oder? Ist ihr etwas Schlimmes zugestoßen? Schuldgefühle überkommen mich und eine Träne kullert meine Wange entlang nach unten.

Ein leises Kichern ist auf der rechten Seite zu hören. Ein kleiner, kurzer und kindlicher Laut. Ich begutachte das gesamte Erdloch, kann aber nichts erkennen.

»Maja?«, durchbricht ein leiser Ton meine Stimmbänder.

Vermutlich existieren die Stimmen nur in meinem Kopf. Alles, was ich mir eingebildet habe, befindet sich in meinem Kopf. Das weiß ich, denn sie ist tot. Sie war es jedenfalls. Aber warum kann ich dieses kleine Mädchen immer noch sehen oder hören? Ist es also doch nicht tot, oder?

Ein starkes Ziehen durchbricht meine Schädeldecke. Ein Migräneanfall zieht sich von der einen Gesichtshälfte zur anderen und nimmt mir meine Sehkraft, jedenfalls zum Teil.

Eine schwache und vermutlich auch kleine Silhouette macht sich in meinem linken Augenwinkel bemerkbar. Vermutlich ist *sie* das, vermutlich ist das Maja und sie wird mir sagen, was sie von mir will.

Minuten vergehen, in denen ich nur einen gedämpften Ton in meinen Ohren wahrnehmen kann. Schwarze weitere Umrandungen gesellen sich zu der Gestalt, bis das gesamte Loch mit kleinen, aber auch größeren Gestalten bestückt ist.

Alles dreht sich. Der Boden, auf den ich mich habe hinfallen lassen, fühlt sich immer noch sehr hart an.

. . .

»Caroline?« Eine Stimme weckt mich und rüttelt mich wach.

Der Mann mit dem Vollbart blickt mir direkt in meine Augen. Sieht er darin etwas oder was will er mir damit sagen? Sprich, fremder Mann. Sag mir, was du von mir willst.

In der Zwischenzeit haben die Feuerwehrleute eine Leiter in das Loch gestellt. Sicherlich ist auch der Mann mit dem Vollbart so heruntergekommen. Absurd. So viele Feuerwehrmänner, die auf mich herabblicken. Die werden sich denken, wie dumm man eigentlich sein kann, in ein solch großes Loch hineinzufallen. Jedenfalls würde ich mich das an ihrer Stelle fragen.

»Kannst du aufstehen?«, unterbricht mich der Mann, während ich mir die anderen Leute genauer ansehe.

Ja. Vermutlich ja. Ich bin mir nicht sicher.

Er nimmt mich unter meiner Achsel und ein weiterer Mann, der wie aus dem Nichts gekommen ist, nimmt die andere. Sie sind voll konzentriert und beobachten jeden meiner Schritte.

Erst jetzt nehme ich wahr, dass sie vom Rettungsdienst sind. Jedenfalls die beiden, die zusammen mit mir im Abgrund sind.

Es sind nur etwa zwei Meter Höhe, in denen ich gefangen war, aber der Aufstieg daraus fühlt sich wie eine Ewigkeit an. Ein Retter war direkt hinter mir und schaut mir bei jedem Schritt über die Schulter.

»Wie fühlst du dich?«, fragt mich der bärtige Mann.

Gut. Wie sollte ich mich fühlen? Ich halluziniere und nehme immer wieder ein kleines Mädchen wahr.

Er schneidet mir das Hosenbein auf, an dem das Blut klebt, und begutachtet die Schürfwunde, die ich mir beim Sturz zugezogen habe. Erst jetzt leuchtet er mir in die Augen, um zu sehen, ob mir etwas fehlt. Das habe ich aus einem Film mal so mitbekommen.

»Wir fahren zur Kontrolle ins Krankenhaus«, meint er zu mir.

Emma sieht mich an. Ich sehe Emma an. Ich war doch gerade erst da und will nicht nochmal dorthin. Mir fehlt doch nichts, oder? Fehlt mir etwas?

»Ist das denn notwendig?«, frage ich ihn mit einer leichten Verzweiflung in meiner Stimme.

»Nein, es dient nur zur besseren Klarheit. Wenn du nicht möchtest, kannst du auch bei Emma bleiben.«

Emma sieht ihn jetzt an und er sieht Emma an. Es scheint so, als kennen sich die beiden besser, als ich vorhin angenommen habe. Für mich sind alle fremd. Ich kenne niemanden davon. Zumindest gehe ich davon aus.

Wieder ein Kinderlachen.

Ich drehe mich im Kreis. Hört das denn sonst niemand? Keiner macht eine Anspielung darauf, dass er es wahrnimmt. Jedenfalls nicht so intensiv wie ich.

Ben ist immer noch nicht aufgetaucht. Wo treibt er sich denn schon wieder herum?

Währenddessen überreicht mir einer der beiden Sanitäter einen Zettel. Einen bunten, vollgeschriebenen Zettel.

Patientin untersucht, Reaktion auf Ansprache, Schürfwunde am linken Unterschenkel, Parameter normal, keine Auffälligkeiten, Transportverweigerung

»Einmal hier bitte unterschreiben.« Er zeigt auf ein blaues Kästchen, das sich im unteren Bereich befindet.

Es dauert nicht lange, bis die ganze Mannschaft samt Rucksäcken und Ausrüstung verschwindet. Nur Emma bleibt bei mir, der Rest ist gegangen.

»Ben?«, schreie ich durch den dunklen, unendlich scheinenden Wald.

Sogleich taucht er auch hinter einem Baum auf und rennt auf mich zu. Er hatte wahrscheinlich Angst vor den ganzen Leuten. Gleich wie ich. Er ist einfach mein Kind. Mein kleiner Junge.

»Wo ist Maja?«, frage ich ihn voller Erwartung und Hoffnung, endlich eine Antwort darauf zu bekommen.

Er zeigt in den Wald. Ob er jetzt auf einen Baum, einen Strauch, in die Luft oder auf den Boden zeigt, kann ich nicht erkennen.

Emma zieht eine Augenbraue nach oben. Vermutlich weiß sie mehr als das, was sie gesagt hat. Kennt sie die Geschichte von Maja bereits? Ich denke schon und das Internet vermutlich auch. Vermutlich setze ich große Hoffnung darin.

Leises Kichern.

Laute Schreie.

Klares und deutliches Weinen.

#XIII

Denkst du, dass alles, was passiert ist, nochmal passiert? Es ist doch nicht so schwer, dich an das zu erinnern, was passiert ist, oder doch? Ich kann mich an alles noch erinnern. An jedes kleine Detail, das passiert ist. An jeden großen Moment, der geschehen ist und warum. Warum kannst du dich nicht daran erinnern.

Es ist doch alles so einfach. Merkst du das denn nicht? Alles, was du dir einbildest, wusstest du schon einmal und du wirst alles, was du wusstest, nochmal sehen und fühlen lernen.

Fragst du dich denn nicht auch, wo die böse Frau geblieben ist? Vielleicht bildest du sie dir auch mal ein, so wie ich es ständig tue. Ich sehe sie ständig und das weißt du auch, aber das wirst du noch sehen. Du wirst das sehen, was ich gesehen habe in jener Nacht, als du mich allein gelassen hast.

Bald, nicht heute, vermutlich auch nicht morgen, aber es wird der Tag kommen, da weißt du, was geschehen ist. Geschehen ist mit mir und geschehen ist mit dir.

SECHZEHN

FREITAGNACHMITTAG

»Willst du auch einen Kaffee«, fragt mich Emma, die bereits die dreckigen Teller des Mittagessens in die Geschirrspülmaschine einräumt.

»Gerne«, antworte ich, während ich in meinem Laptop, den ich mir erst gekauft habe, *Maja kleines Mädchen* eintippe.

So viele Suchergebnisse wird es wohl nicht geben, hoffe ich zumindest. Ein Klick auf die Entertaste beweist mir das Gegenteil.

Ein krebskrankes Kind, das auf wundersame Weise geheilt worden ist, springt mir direkt in die Augen. Weitere Ergebnisse über eine Zeichentrickserie und Filme, die es mit diesem Namen bereits gibt, erscheinen.

Vermutlich waren das zu wenig Informationen. Also versuche ich es nochmals mit *Maja kleines Mädchen tot*

Diesmal erscheinen nicht so viele Artikel, die für mich interessant sein könnten. Einer von einer Frau, die ihr Kind umgebracht und im Wald vergraben hat, erscheint mir am sinnvollsten. Also gehe ich mit der Maustaste darauf und bestätige die Auswahl mit einem Rechtsklick.

Starr vor Schock blicke ich auf das kleine Mädchen, das ich schon kenne. Es ist Maja, die ich gesehen habe und mit der Ben die ganze Zeit spielt.

Emma ist zu beschäftigt, um mich zu beobachten. Sie befüllt die hochmoderne Kaffeemaschine mit frischem Wasser und entleert das zusammengepresste Kaffeepulver im Biomüll, der nachher sowieso auf dem Kompost landet.

Moosbach: Mädchen (7) tot im Wald gefunden – Mutter in U-Haft
12. Januar 2014

Moosbach in Grammel steht unter Schock! Eine Mutter soll dort ihre sieben Jahre alte Tochter ermordet haben. Die Frau sitzt mittlerweile in U-Haft.

Was für ein schreckliches Verbrechen! Ein kleines Mädchen wird tot im Wald von Moosbach gefunden. Die Mutter hat die sieben Jahre alte Tochter erstochen und wollte sich dann selbst töten.
Das tote Kind wurde bereits am Freitag im Wald hinter dem Hof einer alleinstehenden Frau entdeckt. Die Hofbesitzerin hat nach einem Schrei nach dem Rechten sehen wollen und stößt dabei auf das tote Kind und seine schwer verletzte Mutter, teilen Polizei und Staatsanwaltschaft am Montag mit.

Die Mutter der Siebenjährigen versuchte sich daraufhin umzubringen und erlitt dabei schwere Verletzungen, befindet sich aber nicht in Lebensgefahr. Das Kind wurde durch Stichverletzungen getötet und anschließend vergraben. Die 47-Jährige wird im Krankenhaus von Grammel behandelt, während sich in der Zwischenzeit der Verdacht gegen sie erhärtet hat. Am Samstag hat dann die zuständige Haftrichterin in Grammel Haftbefehl wegen Mordes gegen die Frau erlassen und sie in Untersuchungshaft geschickt.

War es Mord?

Eine Mordkommission nahm die Ermittlungen auf. Zum Motiv der Tat will die zuständige Staatsanwältin in Grammel keine Angaben machen. Zu familiären Hintergründen und einer etwaigen Vorgeschichte schweigen die Behörden ebenfalls mit Hinweis auf die noch laufenden Ermittlungen.
Es sind mehrere Gegenstände sichergestellt worden, die nun daraufhin untersucht werden, ob darunter die Tatwaffe ist.

Habt ihr suizidale Gedanken oder habt ihr diese bei einem Angehörigen/Bekannten festgestellt? Hilfe bietet die Telefonseelsorge: Anonyme Beratung erhält man rund um die Uhr unter den kostenlosen Nummern 0800 / 123 0 123 und 0800 / 123 0 222. Auch eine Beratung über das Internet ist möglich unter www.telefonseelsorge-hilfe.de.

Geschockt starre ich zu Emma.

Sie bringt mir meinen Kaffee und stellt ihn vorsichtig auf dem Glastisch nieder. Ein leises Klimpern ist zu hören. Mehr auch nicht. Sie merkt, dass etwas nicht stimmt, denn sie geht wieder einen Schritt nach hinten und versucht in meinem Gesicht zu lesen.

»Ist was?«, fragt sie verunsichert.

»Sag mal Emma, kennst du ein siebenjähriges Mädchen namens Maja?«

Sie starrt in ihre dunkle Tasse, die bis fast zum Rand nach oben hin mit Kaffee gefüllt ist. Meine Kinnlade schnellt nach unten. Es war also wirklich sie? Und das alles ist schon mal passiert, aber eben nur drei Jahre zuvor.

»Es war furchtbar«, schluchzt sie.

So emotional habe ich Emma noch nie erlebt. Tante Emma, die immer fröhlich und freundlich zu jedem ist. Egal, was derjenige oder diejenige verbrochen hat.

»Da war diese Frau. In ihr war der pure Teufel zu sehen. Da wusste ich noch nicht, dass sie die kleine Maja auf dem Gewissen hatte. Noch bevor sie verbluten konnte oder sich weitere Stichverletzungen setzen konnte, war auch schon die Polizei da«, erzählt sie mir.

Sieht Emma sie auch? So wie Ben und ich sie sehen können? Was ist mit ihr? Das kleine, schüchterne Mädchen, das so aussieht, als würde sie jeden Tag aufs Neue erstochen werden. Verfolgt Maja Emma auch?

»Wenn du nicht darüber reden willst, musst du es auch nicht«, versuche ich sie zu beruhigen.

Sie sieht mich an und eine Träne kullert über ihre Wange hinunter. Ihre Lippen formen sich zu einem großen U, das nach oben zeigt. Das Lächeln sieht erzwungen aus und scheint voller Schmerz zu sein.

»Leider gelang es mir nicht …« Ihre Stimme bricht ab.

»Mami? Du solltest jetzt gehen.«

»Wohin?«

»WEG!«, schreit Benjamin mich an und verschwindet hinter dem Türrahmen nach oben.

Vermutlich hat er mir und Emma zugehört. Er denkt immer noch, dass Maja da ist und er mit ihr spielen kann, wo und wann er will, dass sie real und nicht bereits tot ist.

Sie müsste jetzt in seinem Alter sein. Sind sie zusammen zur Schule gegangen? Ich kann mich daran nicht mehr erinnern. Kenne ich eine Maja? Wie lautet denn der Nachnamen? In den Medien ist davon nichts zu entnehmen, aber vielleicht weiß es Ben.

»Was machst du jetzt?«, fragt mich Emma.

»Ich will nach Ben sehen.«

Auf einmal fühlt es sich nicht gut an, an Emmas Seite zu sein. Das gute Gefühl, das ich bei ihr immer hatte, ist verschwunden. So wie Ben immer verschwindet. Einmal ist er da, dann ist er wieder weg.

Ein Luftzug durchquert den Raum. Scheinbar schneidet er eine Linie zwischen uns. Die Haustür ist offen. Wir haben sie vorhin nicht geschlossen. Warum und weshalb kann ich nicht sagen.

Ich schnappe mir mein Notizbuch, das auf dem Tisch liegt, und lege dafür den Laptop nieder. Warum wurden

Seiten daraus entfernt? Ich kann mich nicht daran erinnern, dass ich sie selbst herausgerissen hätte. Vermutlich aber doch und ich weiß es nur nicht mehr. Wie eben so vieles. Deshalb habe ich ja das Notizbuch.

Emma fand Maja und deren Mutter am 12. Januar 2014 hinter dem Haus im Wald.

Ich blättere zurück und erinnere mich wieder. *Sam fand Cloe* ist dort zu lesen. Wo ist er jetzt? Wurde er festgenommen oder musste er aufs Revier? Ist er beim Arbeiten oder ist er im Gefängnis? Ich weiß gar nicht, wo er ist. Hat man es mir gesagt und ich habe es wieder vergessen?

Ein Durcheinander. Durch und durch eine Verwirrung, die sich auch in meinem Gesicht bemerkbar macht.

»Stimmt etwas nicht«, fragt mich Emma scheinbar besorgt.

»Weißt du denn, wo Samuel ist?«

»Arbeiten, vermute ich mal.«

Was sollte ich denn machen? Ich werde mal ins Büro gehen um nachzusehen, denn ich wäre ja sowieso dort, wenn der Zwischenfall mit Cloe nicht passiert wäre.

Die Jacke, die ich vorhin anhatte, ist voller Dreck. Kein Wunder, ich bin ja auch auf dem Boden gelegen. Ich sollte sie zum Waschen geben oder zumindest etwas ausbürsten. Sie sieht furchtbar aus. Fast so wie die Kleidung von Maja.

»Ben, kommst du mit?«, schreie ich den Flur entlang über die Treppe nach oben.

»Ich denke, er sollte hierbleiben«, flüstert mir Emma ins Ohr.

Gänsehaut breitet sich meinen Rücken entlang nach unten aus. Von der obersten Haarspitze bis hin in die Zehenspitze durchzuckt es mich. Wo kommt Emma denn plötzlich her, ohne dass ich sie wahrnehmen konnte. Gruslig. Damit habe ich nicht gerechnet.

Vermutlich hat sie recht. Ben ist hier besser aufgehoben als draußen. Unter Leute zu kommen ist für ihn schwierig, aber meiner Meinung nach umso wichtiger. Vielleicht fährt Emma mit ihm heute noch in die Stadt zum großen Spielplatz, wo er immer so gerne ist. Vielleicht bleiben sie auch hier und basteln etwas zusammen.

. . .

Den Hennen geht es so weit gut. Ihnen fehlt es an nichts. Sie haben noch genug Wasser, Futter und eine neue Legestelle, die erst vor Kurzem für die Hennen errichtet worden ist.

Das Wetter ist schön. Es macht nicht den Anschein, dass es gleich zu regnen beginnen würde. Das kann sich aber im Laufe des Tages noch ändern. Wie jeden Tag, an dem zunächst wunderschönes Wetter war und später dann das schlimmste Unwetter hereinbrach.

Der mit Moos bedeckte Weg ist heute sehr fest und schwappt nicht wie sonst jeden Tag, wenn ich zur Arbeit gehe. Was wird wohl Sam bei diesem schönen Wetter machen?

»Psssssst«, höre ich hinter mir zischen.

Vorsichtig drehe ich mich nach hinten um, um mir ein Bild von der Situation zu verschaffen. Zwischen den Bäumen und Sträuchern im Wald steht Marie mit ihrer bunten Mütze, die ich bereits kenne.

Mit der dunkelbraunen Jacke ist sie schwer zu erkennen. Es scheint so, als wollte sie sich tarnen, aber das gelingt ihr mit einer so auffallenden Mütze nicht. Ob sie das weiß?

»Marie?« Mit großen Augen sehe ich sie an.

Was macht sie denn hier? Hat sie auf mich gewartet? Schwachsinn. Sie weiß doch gar nicht, dass ich heute zur Arbeit gehe, obwohl das Büro geschlossen ist: Normalerweise gehe ich auch nicht in diese Richtung und um diese Uhrzeit schon gar nicht durch den Wald.

»Was machst du denn hier?«, frage ich sie, als es mich wieder auf den Boden der Realität zurückzieht.

»Hast du das mit Cloe gehört?«, fragt sie mich.

Ich wage einen Blick nach links, dann nach rechts, nach hinten und anschließend über sie drüber. Warum flüstert sie? Es ist doch niemand weit und breit zu sehen. Wer sollte mich außer ihr denn in diesem Wald verfolgen?

»Sam hat sie gefunden«, erwidere ich.

»Ja, wir sollten zu mir gehen. Wir müssen reden«, flüstert sie weiterhin.

»Na gut!«

»Heute Abend am besten noch. Marcel ist auch da und eine Person, die dir bereits bekannt ist.«

Wer soll denn das bitte sein? Und was soll das werden? Aufklärung auf höchstem Niveau, oder was? Ehe ich noch irgendetwas dazu sagen kann, verschwindet sie wieder so, wie sie vorhin gekommen ist. Aus dem Nichts.

Ich kraule mich am Kopf und in meinem Gesicht müsste bestimmt ein großes Fragezeichen stehen. Was war das denn? Seltsam und gruslig zugleich, das steht fest.

Wolken haben sich mittlerweile über die Sonne gelegt. Fast schon so, als wie ich das vorhergesagt habe. Ich hoffe nur, dass es in den nächsten zehn Minuten nicht zu regnen anfängt, denn ich habe weder einen Schirm mit, noch habe ich eine Jacke mit Kapuze angezogen. War vermutlich sehr dumm von mir, aber so bin ich eben.

. . .

Es fängt an zu nieseln, als ich das Büro von außen aufschließen will.

»Gerade rechtzeitig«, schnaube ich.

**Geschlossen wegen eines Todesfalles.
Wir hoffen auf Ihr Verständnis.**

Ein mit Computer geschriebener Zettel hängt an der Glastür. Es muss Sam gewesen sein, denn ich denke nicht, dass sich der Chef die Mühe gemacht hat hierherzufahren, um den Zettel persönlich auf der Tür zu befestigen.

So ein Timing habe ich selten. Zumindest heute ist mir etwas Glück vergönnt. Ich finde, in letzter Zeit läuft es sehr gut für mich. Das Gesagte von anderen und die

Dinge, die passieren, bleiben endlich in meinem Kopf. Ich hoffe, dass es auch so bleibt.

Ich frage mich nur, wo die restlichen Seiten meines Notizblockes sind und warum sie fehlen. Ich habe doch nichts Wichtiges darauf aufgeschrieben, oder? Jedenfalls nichts, was ich noch im Kopf habe.

Rechts von mir ist der Schreibtisch leer. Er wird länger leer bleiben, denke ich mal. Das finde ich sehr schade, aber ich kann es auch nicht ändern.

Ich vermute sogar, dass dieses furchtbare Verbrechen von einem wütenden Besucher ausgeübt worden ist. Denn wer sollte Cloe so etwas Grauenvolles antun? Sie wurde doch von allen geliebt.

Außer von Emma.

#XIV

Du bist in Gefahr. Nur du weißt es noch nicht. Es ist wie ein Überraschungsei. Du weißt nie, was darin ist, und manchmal bist du enttäuscht über das, was darin ist. Verstehst du mich? Es ist doch alles selbstverständlich. Warum siehst du es denn nicht? Was soll ich denn noch machen, dass du es siehst? Es ist doch nicht so schwer.

Vielleicht hilft es dir, mit Marie zu reden. Sie ist ein guter Mensch, weißt du? Ich kenne sie auch und auch Marcel. Beide sind so lieb zu mir. Das kannst du dir gar nicht vorstellen, weil du immer gearbeitet hast.

Du warst nie da, als ich dich gebraucht habe, aber meine M&M's schon. Verstehst du das Wortspiel? Marie und Marcel - M&M's. Das hast du mir beigebracht. Ich habe es mir durch die Schokolade gemerkt, die so benannt ist.

Wie gerne würde ich wieder Schokolade essen. Es ist eine Ewigkeit her, dass ich etwas Süßes in meinem Mund hatte. Es fühlt sich für mich wie eine Ewigkeit an. Weißt du noch? Du und ich für immer, hast du mal gesagt.

Warum jetzt nicht mehr? Warum sind wir jetzt nicht mehr zusammen? Was ist nur passiert? Warum kann ich einfach nicht bei dir sein, so wie früher? Als ich in deinen Armen eingeschlafen bin, war die Welt für mich noch in Ordnung.

Jetzt fühle ich mich allein.

Ich bin allein.

Und warum? Weil du mich allein gelassen hast. Allein mit mir selbst.

SIEBZEHN

FREITAGABEND

An was denkst du, wenn dein Kopf leer ist? Das frage ich mich immer und immer wieder. Was passiert, wenn du dich an nichts mehr erinnern kannst? Bist du dann überhaupt noch der Mensch, der du einmal warst? Bist du dann ein guter oder ein schlechter Mensch?

Ab und zu denke ich daran, wie es wäre, wenn ich nicht mehr da wäre. Was wird dann aus Ben oder wäre Cloe dann noch am Leben? Hätte sich alles geändert oder wäre alles so passiert, wie es passiert ist? Wäre Cloe mit Sam zusammengekommen und hätte Cloe dann Ben adoptiert?

Es hört sich alles so falsch an. Alles, was ich denke, sage oder tue, hört und fühlt sich falsch an. Wie kann ich das ändern? Kann ich das überhaupt ändern? Oder muss ich lernen damit zurechtzukommen.

. . .

Sam ist immer noch nicht da. Es ist bereits 20:00 Uhr und ich muss bald los zu Marie und Marcel. Ich freue mich zwar nicht darauf, aber es schien heute so, als sei es sehr wichtig.

Emma übernachtet heute bei uns. Sie weiß noch nicht, wo ich hingehe und das ist auch gut so. Jedenfalls starrt sie mich an, als könnte sie es aus meinem Gesicht ablesen oder sie versucht es zumindest. Ich habe kein Pokerface. Nicht so eines, wie es Sam hat, und nicht so eines, wie es ab und zu auch Ben hat.

Vermutlich regnet es wieder und sicherlich ist die Straße mit Nebel bedeckt. So wie es immer ist, wenn ich noch spätabends das Haus verlasse.

»Was machst du jetzt?«, schießt es aus Emma heraus, während sie mein Handgelenk packt.

Ihre Augen füllen sich mit Wut. Ihre Pupillen weiten sich und es hat den Anschein, als wäre das gesamte Auge schwarz, voller Hass und voller Wut.

Ich zucke zusammen und versuche den Blick von ihr abzuwenden, aber er hält mich gefangen. Starr vor Schreck blicke ich sie an und zwinge mich an etwas Schönes zu denken. An Kinder, die unter einem alten Baum spielen und sich verstecken. Die Sonne scheint und auf den Wiesen wachsen die schönsten Blumen.

Nach einer gefühlten Ewigkeit lässt sie von mir ab. Erleichtert lasse ich meine angespannten Schultern fallen und wende meinen Blick nun erfolgreich ab. An meinem Handgelenk sind ihre Fingerabdrücke wie eingraviert immer noch zu sehen. Rote Umrandungen mit weißen Flecken schmücken das Handgelenk.

»Viel Spaß«, meint sie.

Vorsichtig wende ich den Blick wieder zu ihr, aber sie schaut weg. Ihr Blick läuft entlang der Bücherregale nach unten in eine der Ecken, als würde dort jemand stehen. Ich kenne den Blick. Den Blick hat Ben auch öfters, auch wenn nie etwas da ist oder nie etwas zu erkennen ist.

Ruckartig schnellt der Stuhl, auf dem ich sitze, mit einem Quietschen nach hinten, als hätte ihn jemand unter meinem Hintern herausgezogen, aber es war niemand. Ich war es selbst, denn ich habe mich zu schnell aufgerichtet.

Emma lacht.

Ich nicht.

Was ist denn los mit ihr? Ist sie vom Teufel besessen oder warum ist sie so komisch? Ich sollte Ben mitnehmen. Ich denke nicht, dass sie momentan voll zurechnungsfähig ist.

. . .

»Sam? Mit Emma stimmt was nicht!«, schreie ich durch das Telefon, während ich Ben an der Hand nach draußen zerre.

Wie vermutet regnet es. Was denn auch sonst?

»Bis bald«, wirft mir Emma hinterher.

Sie steht im Türstock und winkt. Unaufhörlich. Bis ich sie durch den dichten Nebel nicht mehr sehen kann. Sie wird immer noch dastehen und winken. Ich weiß es, denn ich habe es im Gefühl und mein Gefühl hat mich noch nie getäuscht.

»Wie meinst du das?«, meldet sich Sam aus dem Telefon, das ich auf mein Ohr gedrückt halte.

Mit der anderen Hand umschließe ich Bens kleine Hand und lasse diese nicht mehr los. Egal was passiert, ich lasse seine Hand nicht mehr los. Da muss mich schon jemand umbringen.

»Sie ist, sie ist so … gruslig«, stottere ich in den Hörer.

»Du musst dich schon verständlicher ausdrücken.« In seiner Stimme ist ein etwas genervter Ton zu hören.

Wo ist er eigentlich? Er müsste doch längst zu Hause sein, oder nicht? Vor allem bei so einem Wetter ist es gefährlich da draußen.

»Mami, wohin gehen wir denn so schnell?« Ben reißt meine Hand nach unten.

»Wir gehen zu Tante Marie und Onkel Marcel«

»Ich freue mich auf M&M's«, jauchzt er.

Ben kennt sie vermutlich besser als ich. Ich habe sie erst diese Woche neu kennenlernen dürfen, da ich anscheinend so zerstritten mit ihnen war. Jedenfalls versuchten das Sam und Emma mir einzureden. Aber warum? Was ist so schlimm daran, dass ich mich mit meinen zwei Geschwistern gut verstehe?

Seitenstechen. Ein Gefühl, als würde einem die Luft wegbleiben, macht sich in mir bemerkbar. So schlimm hatte ich es lange nicht mehr. Ich bin auch lange nicht mehr so schnell gegangen wie jetzt.

»Caroline?« Eine Stimme durchbricht das Rauschen des Wassers, das auf dem harten und dunklen Boden plätschert.

Es ist Emma. Sicher ist es Emma. Diese Stimme würde ich unter tausenden erkennen.

»Mami, die böse Frau kommt.« Ben hört sich panisch an. »Siehst du denn nicht, da kommt sie«, schreit er mich fast schon an.

Ich starre angespannt zu Boden und versuche das zu ignorieren, was gerade um mich herum passiert.

»Das ist doch ein schlechter Scherz«, murmle ich vor mich hin.

Alles, was gerade passiert, ist doch ein Witz.

»Caro?«, hallt es aus dem Telefon, das ich schon fast wieder vergessen habe. »Wo bist du?«

»Bin draußen«, antworte ich, ohne viel zu verraten.

»Caroline?« Abermals meldet sich die Stimme, die mir vertraut vorkommt.

Sie kommt näher. Jedenfalls fühlt es sich so an, als hätte sie den Mund direkt neben meinem Ohr gehabt und meinen Namen hineingehaucht. Ob es jetzt von links, rechts, von hinten oder von vorne kam, kann ich nicht sagen.

»Aua, Ben!« Er rammt mir seine Nägel in den mittlerweile komplett vernarbten Handrücken.

»Was ist los bei dir?«, höre ich aus dem Telefon schreien.

»Nichts, … nichts, alles gut. Kannst du bitte nach Hause kommen und nachsehen, wie es Emma geht. Sie scheint abwesend zu sein.«

»Bin schon auf dem Weg dorthin. Wo bist du?«, fragt er mich erneut.

»Gut, gut«, antworte ich ihm, ohne auf seine Frage einzugehen. »Ich muss wieder, wir sehen uns später. Es wird nicht spät«, teile ich ihm hektisch mit.

. . .

Endlich sind wir da. Der Weg bis hierher hat sich sehr weit angefühlt. Leide ich unter einem Verfolgungswahn? Vermutlich ja. Bilde ich mir das alles nur ein? Sicherlich.

Mein Herz macht einen Satz und ich weiß gar nicht den Grund dafür. Marie ist nicht gefährlich, auch wenn sie sich bemüht Stärke auszustrahlen. Ohne Marcel fühlt sie sich so leer wie ihr Wohnzimmer. Ihr Körper ist wie eine Kredenz, auf der nichts steht. Ich wette, ihre Dielen knarren genauso wie die meinen, weil ich so oft ratlos hin- und hergehe. Ich wette, auch sie findet nachts keinen Schlaf mehr.

»Ich freue mich so, dass du da bist«, jubelt sie und klatscht ihre Hände aneinander.

Sie bittet mich, durch die Tür zu treten. Das Treppenhaus sieht immer noch gleich aus, so wie ich es das letzte Mal verlassen habe. Dr. Hartmann sagt, wenn meine Angst besonders schlimm sei, sollte ich mich ganz auf das konzentrieren, was ich gerade tue und alles andere ausblenden.

Das gelingt mir auch gut bis zu dem Punkt, als ich plötzlich Dr. Linda Hartmann vor mir stehen sehe. Sie ist da. Mitten im Wohnzimmer von Marie steht sie da und hält ihren Block in der einen und einen Stift in der anderen Hand. Es fühlt sich so an, als wäre ich in einer Therapiesitzung. Ich glaubte, der nächste Termin wäre erst nächste Woche und vor allem nicht hier. Lassen sie die grauenvollen Gedanken, der Brief, den ich geschrieben habe, auch nicht los? Hat sie Angst, dass ich eines

Tages nicht mehr auftauchen würde, sobald mir alles klar wird? Oder warum ist sie hier?

Ich muss mich setzen. Der ganze Raum dreht sich und mein Mund ist staubtrocken. Was soll das hier? Wird das eine Séance oder so was Ähnliches?

»Was ist hier los?« Meine Stimme ist tonlos, als ich frage, aber mein Puls rast.

Marie hebt die Schultern und kommt auf mich zu.

Marcel starrt mich an, genauso wie Linda. Beide sitzen am großen Tisch. Habe ich etwas verbrochen oder warum wird hier ein solcher Aufstand veranstaltet?

»Ich denke, es ist Zeit«, sagt Marcel vorlaut.

Zeit für was? Ben starrt mich an und in seinen Augen ist die pure Angst zu sehen, während Linda mir einen Zettel zuschiebt. Ich wage einen Blick darauf und kann direkt auf Anhieb erkennen, dass es eine Kopie ist, da die Ränder etwas dunkler sind. *Zeugenaussage* steht groß in der oberen Mitte darauf.

Noch bevor ich dies lesen kann, sieht mich Marie an und ihre zusammengekniffenen Augen füllen sich mit Tränen.

In drei Schritten ist sie bei mir. Sie nimmt mich in die Arme und drückt mich so fest, dass ich kaum noch Luft bekomme. Auf einmal ist es nicht mehr die Angst, die mich stocksteif macht, sondern der Schock. Selbst mein Gehirn stellt seine Arbeit ein. Ich kann einfach nicht begreifen, was ich da gerade sehe und was es zu bedeuten hat. Das Einzige, das ich tun kann, ist ihrer Stimme zu lauschen, die fast genauso klingt wie in meinen Träumen.

»Emma hat …« Sie stockt.

Linda legt ihre schützende Hand auf meine Schulter und fährt fort: »Wir vermuten, dass Emma Maja und Sara umgebracht hat.«

Meine Kinnlade fällt nach unten. Wie kommen Marie, Marcel und Linda dazu, eine solch schwerwiegende Behauptung aufzustellen? Emma könnte so was doch nicht, oder? Nie würde Emma jemandem so was antun.

»Und wir vermuten auch, dass sie etwas mit dem Tod von Cloe zu tun hat«, fährt sie fort.

»Das ist doch schwachsinnig«, lächle ich verlegen.

Kein anderer lacht.

Mein Lächeln verstummt gleich wie ihre Stimmen. Ich merke, dass sie das mit vollem Ernst gesagt haben, dass alles, was hier vorliegt, Beweise sind und alles, was sie vermuten, auch wahr ist. Nur warum? Warum sollte Emma so viele unschuldige Menschen umbringen? Das ergibt doch gar keinen Sinn.

Marcel zeigt auf das Blatt, das vor mir liegt. Unberührt und doch so aussagekräftig, obwohl ich es noch nicht gelesen habe. Es erdrückt einen, ohne den Inhalt zu kennen, aber die ersten Zeilen lassen darauf schließen, dass es hinter den Geschichten, die es hier im Dorf gibt, noch weitere unentdeckte und tief vergrabene gibt.

Zeugenaussage

16. Januar 2014

Mein Name ist Sara Kurz und ich bin die Mutter von Maja Kurz, die am 14. Januar 2014 umgebracht worden ist.

Ich habe meine Tochter nicht umgebracht und ich wollte mich auch nicht selbst umbringen.
Emma hat uns nach Moosbach gefahren und uns mit einem Vorwand in den Wald gelockt. Dort hat sie kurz darauf mein kleines Mädchen umgebracht und anschließend wollte sie auch mich erstechen.
Es war ein Akt der Rache, warum weiß ich nicht. Sie war böse. Ich konnte es in ihren Augen sehen. Sie war wie vom Teufel besessen. Ich kannte sie so noch nicht. Das Böse, das sie in sich hatte, war nicht das, wofür sie steht.
Lassen Sie sich nicht täuschen. Sie ist nicht die Nette vom Dorf, ganz im Gegenteil. Sie ist das Böse in Person und ich denke nicht, dass mein Mädchen und ich die Einzigen sind, die sie auf dem Gewissen hat.
Sehen Sie es denn nicht? Sehen Sie es denn nicht in ihren Augen? Es ist der Teufel, der in ihr wohnt. Dicht gefolgt von Schuldgefühlen. Deshalb lebe ich noch und sie will, dass ich dafür bezahle.

Ich habe Maja nicht umgebracht.

Marie wird ganz weiß. Auf ihrer Stirn sind Schweißperlen zu sehen und auch Marcel sieht deutlich schlechter aus als vorhin. Linda scheint die Einzige zu sein, welche die ganze Situation im Griff hat. Vielleicht spielt sie die Gelassenheit nur, das könnte natürlich auch sein.

»Woher habt ihr das?«, frage ich, ohne das Gelesene realisiert zu haben.

»Ich habe da meine Kontakte«, erklärt mir Linda.

Und warum sind *die Kontakte* dann nicht hier? Das könnte jeder geschrieben haben, der einen Computer und einen Drucker besitzt. Aber das würde dann auch erklären, warum Emma in letzter Zeit so komisch ist. Und warum fand man nichts im Internet über Emma? Dem Verdacht ist gar nicht weiter nachgegangen worden, oder?

»Das könnte jeder geschrieben haben«, murmle ich.

Solch eine Anschuldigung ist heftig. Rufmord könnte man das auch nennen, wenn ich es nicht besser wissen würde. Wenn Emma also mit dem Tod von Maja zu tun hat, dann muss das doch einen Grund haben. Emma würde so was nie tun, oder?

»Mami, es stimmt. Maja hat es mir erzählt«, unterbricht mich Ben, während ich in Gedanken dahinschweife und er mich wieder auf den Boden der Realität zurückholt.

Lichter flackern.

Alle starren durch den Raum, der wie leer gefegt ist. Nur Linda, Marie, Marcel, Ben und ich sind hier, aber Ben fühlt sich tot an. Der ganze Raum erdrückt mich.

Stille.

Dann fällt das Licht aus.

Das Unwetter hat das vermutlich höchste Stadium erreicht und die Stromzufuhr gekappt. Alles ist finster und nur mehr die Silhouetten der Leute sind zu erkennen.

X V

Denkst du wirklich, dass Emma so etwas tun kann? Die liebe Tante Emma, die nette Nachbarin von nebenan. Natürlich. Wer denn auch sonst? Es ist doch offensichtlich. Es war immer offensichtlich, aber du hast es nicht gesehen. Nichts siehst du. Nur Tote, die ihren letzten Frieden suchen.

Du hast alles vergessen. Tante Emma war damals zu dem Zeitpunkt monatelang nicht zu erreichen. Es war so, als hätte es sie nie gegeben. Weißt du das nicht mehr? Sie war weg. Nicht mehr da, wie vom Erdboden verschluckt. Verdächtig, nicht?

Maja war unschuldig. Weißt du das? Sie hat niemandem etwas getan. Ihr Tod war nicht berechtigt. Er sollte nicht umsonst gewesen sein. Verstehst du? Er sollte nicht umsonst gewesen sein!

Gleich wie meiner.

Meiner sollte auch nicht umsonst gewesen sein. Ich will wieder bei dir sein, deine Nähe spüren und mit dir in einem Bett schlafen, wenn es mir nicht gut geht, aber das geht nicht mehr. Stimmt's? Es ist nicht mehr möglich und du weißt es nicht mal. Du weißt es immer noch nicht.

Ich werde aber immer bei dir sein, immer auf dich aufpassen und nicht von deiner Seite weichen. Dafür wurde ich geboren, nicht wahr? Ich sollte dich retten. Retten vor ihm und vor ihr und vor allem, was passiert, oder?

Ich werde dich immer lieben.

Dein Engel.

ACHTZEHN

21:35 UHR

Was war das? Wer war das und was ist gerade passiert? Meine Hände zittern in meinem Schoß. Manchmal ballt die Angst mein Herz zu einer Faust. Dann schlägt es gegen meine Rippen, als wollte es aus meinem Körper ausbrechen. Manchmal werde ich auch hart wie Stein, dann schlägt es überhaupt nicht mehr. Mein Blut hört auf zu fließen, meine Augen können nicht mehr blinzeln. Dr. Linda Hartmann sagt, Angst manifestiere sich je nach Gelegenheit auf unterschiedliche Weise. Aber egal, wie es sich auch anfühlt, das Blut fließt immer weiter.

Ich denke, es ist der Moment da, in dem es allen in diesem Raum gleich geht. Alle fühlen sich gerade so, wie ich mich immer und immer wieder fühle. Keine Ahnung, was als Nächstes passieren wird.

Mir ist nie der Gedanke gekommen, dass auch ich in Gefahr sein könnte. Seitdem ich meinen eigenen Abschiedsbrief gelesen habe, habe ich mich bemüht, nie die ganze Wahrheit zu betrachten, sondern sie in kleine, mundgerechte Happen zu teilen, damit ich sie besser verdauen kann.

»Caroline?« Eine Stimme durchbricht die eiserne Stille.

»Die böse Frau ist da«, flüstert Ben.

Er drückt meine Hand so fest, dass ich meine Finger nicht mehr spüren kann. Das Blut, das darin fließt, ist wie eingefroren und auch alle anderen, die hier im Raum sitzen, scheinen wie tot. Haben sie das auch gehört oder bilde ich mir das nur ein?

»Komm mit nach Hause«, schreit die Stimme von draußen.

Wir sind im dritten Stock. Es ist unmöglich, dass die Person hier hochklettern kann, oder? Jedenfalls will ich mir sicher sein und die Menschen hier im Raum geben mir die Sicherheit, das zu tun, was ich jetzt tue: Nämlich in Richtung Fenster gehen, das auf die Straße schaut, von der die vermeintlichen Schreie kommen.

»Was machst du, Caro?«, nehme ich von Linda wahr.

Vorsichtig und mit leisen Schritten wage ich das geplante Vorhaben. Starr vor Schreck blicke ich aus dem Fenster. Mein Herzschlag durchbricht meinen Körper und es fühlt sich so an, als würde mein Herz nicht mehr schlagen – als hätte ich meinen Körper verlassen.

Bäume, welche die Straße verzieren, knicken wie Zahnstocher. Einer erstreckt sich über die gesamte Straße bis hin auf den gegenüberliegenden Bordstein. Wieder andere stehen noch, aber wehen im Wind so heftig, dass sie gleich drohen herausgerissen zu werden. Von einer Person, die ich vermutet habe zu sehen, jedoch keine Spur.

Die Blitze erhellen immer wieder die Straßenseite, auf die ich blicken kann. Immer kürzer wird die Zeitspanne zwischen dem hellen Leuchten des Blitzes und dem lauten Knall des Donners, der jeden meiner Muskeln im Körper zusammenzucken lässt.

»Caroline?« Eine Hand berührt mich an der Schulter, was mich zum Aufschreien bringt.

»Verdammt, was soll das? Willst du, dass ich einen Herzinfarkt bekomme?«, maule ich Marie ins Gesicht.

So erschrocken habe ich mich schon lange nicht mehr, aber das ist ihr anscheinend egal. Jedenfalls tut es ihr nicht leid. Ihre Mimik bleibt gleich. Das kann ich dank der Kerze sehen, die mittlerweile jemand angezündet und in der Mitte des großen braunen Tisches aufgestellt hat.

»Geht es dir gut?«, fragt Linda. »Du siehst ein bisschen blass aus.«

Ich bin immer noch wie versteinert, trotzdem gelingt mir ein Lächeln. Nur ein kurzes Zucken der Mundwinkel, aber immerhin. »Alles in Ordnung.« Meine Stimme klingt wie Kieselsteine, die gegeneinander reiben. »Ich glaube, ich habe einfach etwas Falsches gegessen.«

Linda schmunzelt. »Wir haben fast Mitternacht.«

»Ich, äh …« Ich räuspere mich. »Mir ist schon seit einigen Tagen schlecht und das eigentlich zu jeder Tageszeit.«

»Mhm«, summt Linda, »muss aber schön sein.«

Meine Verwirrung steht mir deutlich ins Gesicht geschrieben.

»Tut mir leid. Ich meine natürlich nicht, dass es schön ist, wenn es dir schlecht geht. Das ist bestimmt ziemlich unangenehm.«

Linda steht abrupt auf, sodass ich vor Schreck zusammenzucke. Ich sollte mich setzen, das wäre für alle Beteiligten besser. Jedenfalls hätten sie nichts davon, wenn ich mich übergebe.

Ich denke nicht, dass der Strom heute wiederkommt. Durch das Unwetter wurde alles lahmgelegt und auch die Straßen sind in einem sehr schlechten Zustand. Warum wir jetzt hier sind, weiß ich noch immer nicht, aber das wird sich im Laufe der Nacht doch rausstellen, oder?

Ich gähne.

Die Zeit ist bis jetzt wie im Fluge vergangen. Dass es schon fast 23:00 Uhr ist, war mir nicht bewusst, aber nach Hause will ich bei diesem Unwetter auch nicht. Vielleicht nimmt mich Linda ein Stück mit oder sie fährt mich nach Hause? Ich weiß es nicht, muss sie erst noch fragen.

»Und warum bin ich nochmal hier?«, frage ich in die Runde.

Marie kommt mit einer Flasche Rotwein und einer weiteren Kerze zurück und stellt diese auf den Tisch. Das Licht der Kerze durchbricht die Flüssigkeit in der Flasche und so erstrahlt der gesamte Raum in Rot. Alle nehmen wieder Platz und Linda legt ein Heft auf dem Tisch ab. Erdrückend. Das kenne ich bereits. Es ist das schwarze, mit Ringen zusammengebundene Heft, das sie ständig bei den Sitzungen mit mir dabeihat.

»Wir haben dir noch etwas zu sagen«, meint Linda, während sie das Buch aufklappt und eine Seite öffnet, in der eine Mindmap gezeichnet ist.

Es sieht jedenfalls so aus, als wäre es eine, aber genau identifizieren kann ich es von hier aus nicht. Sie sitzt gegenüber von mir, aber der Tisch ist so lang, dass vermutlich zwei Meter zwischen uns sind.

Marie kramt in ihrer Hosentasche und zieht ein Streich-holz heraus. Sie entfacht es mit der Kerze, die bereits brennt, und die Flamme, die hervortritt, erhellt für einen kurzen Augenblick den gesamten Raum um das Vierfa-che dessen, was die kleine rote Kerze anfangs zu er-leuchten imstande war. Damit entzündet sie die etwas größere grüne Kerze, die sich in einem Glas mit der Auf-schrift *Apfelzauber* befindet.

Weihnachten ist doch schon längst vorbei oder hat Marie die bereits für dieses Weihnachten gekauft? Si-cherlich. Die Kerze hat vorher noch nie gebrannt. Die kleine Flamme tut sich anfangs extrem schwer nach un-ten zu brennen und schafft es nur mühsam zum Wachs-ende. Gespannt beobachte ich sie dabei, wie sie ver-sucht, den Raum zu erhellen und ihn mit Apfelduft zu erfüllen.

Der Regen prallt auf die Scheibe und die Äste eines nahen Baumes kratzen darauf. Sie tanzen im Wind und schlagen im Takt gegen das Glas. Es wäre wieder einmal Zeit gewesen, die Äste zu stutzen, damit so was nicht passiert und die gesamten Fenster nicht zerkratzt wer-den.

»Weißt du, warum du von gestern auf heute im Krankenhaus warst?«, fragt mich Linda und ihre Augen werden dabei weit.

»Ich bin hingefallen, als ich aus der Dusche gerannt bin«, sage ich unsicher.

»Und warum bist du aus der Dusche gerannt?«

Was wird das hier? Eine Therapiesitzung? Kennen sich Marie und Linda gut oder warum ist sie hier? Skep-tische Blicke zwischen Marie und Marcel lassen die Si-tuation auch nicht entspannter werden.

»Du bist nicht gefallen, Mami. Ich habe es gesehen. Emma hat dich niedergeschlagen und Papi hat dabei zugesehen«, murmelt Ben vor sich hin.

Ben starrt in die brennende Kerze und legt die Hände auf den Tisch. Fassungslos blicke ich zu ihm. Den Anschein, dass er noch etwas dazu sagen will, macht er nicht.

»Emma hat mich niedergeschlagen?«

Es ist still. Alles hier in diesem Raum ist still und niemand will etwas dazu sagen. Im Ohr höre ich meinen Herzschlag, der durch meine Knochen schießt. Alle hören nur gespannt zu und warten darauf, bis ich mich an alles erinnern kann, was geschehen ist.

Ein Schrei.

»Der Schrei«, ergänze ich, »da war ein Schrei und ich bin gerannt und nicht hingefallen. Emma hat mich niedergeschlagen und Sam hat dabei zugesehen.«

Mich überkommen die Gefühle. Tränen schießen mir in die Augen und meine Hände zittern unaufhörlich. Meine Zähne prallen aneinander und erzeugen für meine Verhältnisse ein viel zu lautes, klackendes Geräusch. Der Schrei. Er schießt mir durch den Kopf wie eine Kugel aus einer Pistole.

Mir wird schlecht. Ich renne ohne Vorankündigung durch die Wohnung, direkt ins Badezimmer, um meinen Kopf über die Schüssel zu legen und mich zu übergeben.

· · ·

»Caro?« Eine sanfte Stimme, gefolgt von einem leichten Klopfen an der Tür, ist zu hören.

Es ist Marie.

Wer denn sonst? Mit Emma hat all das Unheil angefangen und mit ihr wird es auch aufhören. Oder? Es muss doch irgendwann alles ein Ende haben. Es kann doch nicht sein, dass sich hier alles wie ein furchtbarer Albtraum anfühlt.

»Ich brauche noch einen kurzen Moment«, schluchze ich.

Ich reiße ein Stück Klopapier ab, das neben mir auf der rechten Seite hängt, und wische mir damit den Mund ab. Auch die Tränen, die mein Gesicht zieren, versuche ich damit zu trocknen. Die Klospülung ist für mich heute unerträglich. Sie ist zu laut und scheint nicht mehr aufzuhören.

Die Straßenlaterne leuchtet immer noch. Warum leuchtet sie? Das gesamte Stromnetz ist doch ausgefallen.

Das kalte Waschbecken und das Wasser, das aus dem Wasserhahn plätschert, beruhigen mich ein bisschen. Im Spiegel sehe ich, wie die Mascara verlaufen ist. Ein langer dunkler Strich zieht sich über meine Wangen hinab bis zu meinem Kinn, dann verschwindet die Linie. Mit dem Wasser versuche ich mir diese schwarzen Striche aus dem Gesicht zu wischen, was mir auch gut gelingt. Obwohl es der Hersteller behauptet, ist die Wimperntusche nicht wasserfest. Das finde ich sehr schade.

Nach kurzer Zeit kann ich mich wieder fassen und öffne die Tür, die ich vorhin hektisch hinter mir zugeschlagen habe. Der laute Knall hat alle verunsichert, das konnte ich in der Stimme von Marie hören.

Sie steht noch immer vor der Tür und wartet darauf, bis ich sie öffne. Alle starren mich mit aufgerissenen Augen an und sagen kein Wort. Sie wissen, dass ich recht habe. Nur woher? Warum wissen sie das alles von Emma und das mit Cloe?

»Es stimmt, nicht wahr? Ich habe recht«, frage ich in die Runde.

»Du bist in Gefahr, Caro«, erklärt mir Linda, die ihre Hände zusammenfaltet, als würde sie beten.

»Halt!«, schreie ich. »Es ist genug.«

Ich atme tief ein und wieder aus, nochmal tief ein und wieder aus. Meine Beine beben unaufhörlich vor sich hin. Das Zittern erfüllt den ganzen Raum und alle warten darauf, bis ich einen weiteren Laut von mir gebe.

Mein Notizbuch ist in meiner Jackentasche. Ich greife hinein und ziehe es heraus.

Emma tötet Cloe und Maja und verletzt Sara.

Ich blättere um.

Emma schlägt mich nieder.

Ich blättere vor.

Diamant mit Kreuz?

Ich zeige darauf und preise es Marie an. Vielleicht weiß sie, was es mit dem Diamanten mit dem Kreuz auf sich hat. Vermutlich nicht, aber versuchen werde ich es trotzdem. Emma meinte damals, dass mich jemand beschützen möchte. Beschützen vor all dem hier?

»Nicht nur du bist mit Cloe gut befreundet gewesen, auch ich«, teilt mir Marie mit.

Sie greift unter den Tisch und holt ihre kleine, mit Ketten verzierte Tasche heraus. Darin kramt sie eine Weile herum und zieht ein kleines Säckchen heraus. Es ähnelt dem, das mir Emma nach Lindas Besuch in der Stadt gegeben hat.

»Das ist auch von Cloe«, fährt sie fort.

Es klimpert, während sie das Säckchen in ihren Händen hin und her schwingt. Es sind mehrere Steine darin, das kann ich hören. Ob es auch die gleichen sind, wie ich sie gefunden habe? Dann zieht sie an der Schnur und leert die Steine auf dem Tisch aus.

Sogleich fallen fünf Steine heraus.

Der gelbe Stein hat ein dunkles Muster im Inneren. Linien, die fast gerade durch den gesamten Stein verlaufen. Ein weiterer hat auch dieselbe Farbe, nur ist er etwas heller als der andere. Darin sind keine Linien gezogen. Flächendeckend befindet sich dort ab und zu eine weiße Stelle. Der dritte ist ein sehr dunkler Stein, fast schon schwarz, um genau zu sein. An einer Stelle ist er gebrochen und es sieht so aus, als stamme er aus einem Vulkan. Kleine Krater schmücken diese Stelle und machen ihn zu etwas Besonderem. Wieder ein anderer hat ein ausdrucksloses Grau. Er ist mausgrau, um genau zu sein. Kleine, dünn gezogene weiße Linien verzieren ihn rundherum. Den letzten Stein kenne ich. Es ist ein Amethyst. So einen würde ich überall wiedererkennen. Seine Farbe kann von einem kräftigen bis hin zu fast transparentem Violett variieren. Dieser ist sehr dunkel und hat an einer Stelle einen etwas helleren Fleck.

Déjà-vu.

»Genau diese Steine habe ich auf dem Fensterbrett im Büro gefunden. Also sind sie von Cloe. Aber so ein Säckchen habe ich auch von Emma bekommen, nur habe ich mir die Steine darin nicht angesehen.«

Linda schreibt mit. Jedenfalls notiert sie sich in ihrem Heft etwas, was mit der Geschichte zu tun haben muss. Marcel sagt nichts. Er sitzt da und nippt an seinem Weinglas herum. Ben ist zur Couch gegangen und hat sich hingelegt. Vermutlich hat Marie ihn zum Schlafen dorthin gebracht. Er ist müde und hat die Augen bereits fest geschlossen. Das kann ich durch einen kurzen Blick ins Wohnzimmer erspähen.

Ohne Vorwarnung steht Marie auf und geht auf die Kommode zu, die fast mitten im Raum steht. Darauf steht eine eiserne Truhe, die mir schon beim ersten Mal, als ich hier gewesen bin, aufgefallen ist. Sie umschließt sie mit beiden Händen und bringt sie zurück zum Tisch. Dann setzt sie sich wieder wortlos.

Sie schnaubt hörbar die Luft nach draußen und man sieht ihr an, dass der nächste Schritt für sie nicht leicht ist. Alles an der ganzen Geschichte hier ist nicht leicht. Keine einzige Sache.

»Ich habe auch so einen Stein mit einem Kreuz darin«, drückt sie heraus.

Während sie die Schatulle öffnet, merkt man, wie die Luft stickiger wird. Man könnte sie fast mit einem Messer zerschneiden, so dicht ist sie. Jeder Atemzug wird schwerer. Hier fehlt der Sauerstoff, aber das Fenster können wir nicht öffnen, ansonsten würde es reinregnen.

In ein schwarzes Seidentuch gewickelt liegt ein exaktes Ebenbild von meinem Stein. Wenn ich den Stein, den ich gefunden habe, nicht selbst in meiner Hand halten würde, könnte man denken, es wäre ein und derselbe Stein.

»Ich habe ihn von Ben bekommen, noch bevor er ...«

Sie hält inne und wirft einen Blick auf Linda. Sie nickt.

»Bevor er was?«, werfe ich in den totenstillen Raum.

»Gestorben ist.«

#XVI

Was hast du mir nur angetan, Mami? Ich will doch nur glücklich sein. Warum siehst du das nicht? Ich habe noch so viel vorgehabt und das hast du mir zerstört.

Es fällt mir so unendlich schwer, dich gehen zu lassen. Weißt du? Ich will nicht gehen. Warum hast du das getan? Ich will bei dir sein, Mami. Ich will mit dir und Papi glücklich sein. Ich will eine normale Familie. Weißt du das?

Warum ist alles so dunkel hier? Warum sehe ich Oma und wo ist Opa? Er ist nicht hier. Früher war Opa immer da und Oma war schon im Himmel. So hast du es mir immer erklärt. Die Guten kommen in den Himmel. Oma ist da, auch Cloe und Maja sind dort in das Licht gegangen, aber wenn ich einmal gehe, kann ich nicht wieder zurück.

Ich komme noch nicht heim, Mama. Ich will noch nicht gehen. Ich will bei dir bleiben, obwohl du mich verlassen hast. Du hast mich allein gelassen und das weißt du auch. Du weißt es. Du weißt es!

Du warst nicht da, als ich dich gebraucht habe. Du warst nicht da, als ich dich wirklich vermisst habe und jetzt bin ich trotzdem da, da für dich.

Ich weiß, dass ich nie wieder neben dir aufwachen werde. Ich weiß, dass ich nie wieder deine Haut spüren werde und ich weiß, dass es nie wieder so sein wird, wie es einmal war.

Stimmt's? Ich habe recht, oder? Ich habe recht und das weißt du auch.

Ich will immer nur das Beste für dich, Mami. Ich will dich beschützen, solang es geht, aber auch ich habe irgendwann keine Kraft mehr. Auch ich muss irgendwann loslassen, auch wenn es noch so schmerzt.

Ich war da. Ich bin immer da gewesen und habe dich beschützt. In den Kreuzen, die du gemacht hast, und in den Symbolen, die du darin gesehen hast. Ich war da. Nur habe nicht ich sie gemacht, sondern das bist du ganz allein gewesen.

Du schaffst es auch ohne mich. Ich weiß das, Mami. Du bist stark. Du warst immer stark, auch wenn ich es einmal nicht für uns war, warst du da.

Auch wenn du mich nicht mehr sehen kannst, werde ich für dich da sein. Immer und überall. Ich werde dich auf Schritt und Tritt verfolgen und bei dir sein. Zumindest überall, solang dein Herz weiter für mich schlägt.

Weißt du, Mami, anfangs war es schwer zu verstehen, dass ich nicht mehr in der Welt sein kann, wo du jetzt bist, aber jetzt verstehe ich es. Ich hatte keine Schmerzen, nie. Sie wurden einfach genommen, sie waren nicht da, verstehst du? Das helle Licht will mich, aber ich will noch nicht. Auch wenn Oma nach mir gerufen hat, will ich lieber bei dir bleiben, Mama.

Jetzt ist es aber an der Zeit zu gehen. M&M's werden auf dich aufpassen. Ich weiß es einfach. Sie sind gute Menschen und haben ein reines Herz, nicht so wie Emma und Papi. Papi war böse und Tante Emma auch. Beide werden nicht in den Himmel kommen, das weiß ich.

Aber auf dich werde ich warten, Mami.

Ich warte auf dich, bis du kommst.

NEUNZEHN

23:46 UHR

»Ben? Ben?!«, kreische ich, während ich in das Wohnzimmer renne, wo er vorhin auf der Couch geschlafen hat.

Sie ist leer.

»Caro, ich weiß, dass das jetzt ein riesiger Schock für dich sein muss. Wir finden aber, dass es besser so für dich ist, bevor du es allein herausfindest.«

»Was? Wollt ihr mich verarschen?«, zische ich zu Marcel. »Wo ist Ben? Wo habt ihr ihn hingebracht?«, schluchze ich.

»Versteh es doch, es ist zu deinem Besten«, ergänzt er.

Zu meinem Besten? Was wird hier gespielt? Wo ist mein kleiner Junge und was mache ich überhaupt noch hier? Ich sollte nach Hause zu meiner Familie gehen und nicht hier bei Leuten sein, die ich gerade erst vor Kurzem kennengelernt habe.

»Setz dich bitte.« Er führt mich wieder in die Wohnküche, wo jetzt auf dem Tisch ein großes Fotoalbum liegt.

»Wir haben gewusst, dass du uns nicht glauben wirst«, ergänzt Linda.

Ich bin sprachlos. Die Hitze, die vorher in diesem Raum herrschte, ist verschwunden. Eiseskälte läuft meinen Rücken entlang nach unten und durchfährt jede einzelne Ader in meinem Körper. So ist also das Leben, wenn man sich wieder an alles erinnern kann. Anstelle der erwarteten Trauer macht sich Wut in mir breit.

»Ich habe das alles schon gewusst. Bestimmt. Ich habe es nur nicht wahrhaben wollen«, rede ich mir ein.

»Wir müssen das nicht heute machen. Wir können es uns anschauen, wenn du bereit dafür bist. Es ist schon spät«, meint Linda.

»Was ist das?«, frage ich in die Runde, während ich das dicke Fotoalbum in die Hand nehme.

»Alles, was du jemals hast wissen wollen«, ergänzt Marcel.

Es scheint, als lasse ihn die ganze Situation kalt, als würde er sie tagtäglich durchleben und mit ihr leben. So kalt kenne ich meinen Bruder nicht, jedenfalls nicht so, wie er jetzt ist. Es herrscht Totenstille, als ich das Buch öffne. Der erste Artikel aus der Tageszeitung flattert mir sofort entgegen.

Schwerer Verkehrsunfall
Moosbach – 29. Oktober 2016

Bei einem schweren Unfall in Moosbach wurden am Samstag zwei Menschen schwer verletzt.

Zu einem schweren Verkehrsunfall kam es am Samstag gegen 23:00 Uhr. Eine 35-jährige Autofahrerin kam aus noch nicht bekannter Ursache von der Straße ab und fährt mit ihrem Sohn (8) in den Moos-

-bacher Graben. Das Fahrzeug überschlug sich laut ersten Erkenntnissen mehrmals und blieb dann schlussendlich zwischen zwei Bäumen eingeklemmt liegen.

Durch den starken Aufprall im Graben mussten beide Insassen mittels hydraulischer Werkzeuge von der örtlichen Feuerwehr herausgeschnitten werden. Mutter und Kind wurden schwerverletzt vom Hubschrauber Moos B2 ins nächstgelegene Krankenhaus geflogen.
Über den Zustand der beiden ist noch nichts bekannt.

Unfallursache bisher nicht bekannt

Die Ursache für den schweren Unfall ist noch völlig unklar, wie die Polizei mitteilt. Einem Sprecher zufolge könnte ein technischer Defekt oder eine medizinische Ursache vorgelegen haben. Ein weiterer Grund für den Unfall könnte aber auch die vereiste Fahrbahn gewesen sein. Die Temperatur in dieser Nacht betrug -14 Grad.
Der Unfall hat sich in Moosbach ereignet. Am Fluss auf der Höhe der Gartenstraße überschlug sich das Fahrzeug mehrmals.
Wie das Deutsche Weiße Kreuz (DWK) mitteilt, waren zahlreiche Rettungskräfte des DWK und der Moosbacher Feuerwehr vor Ort, mehr als 20 Menschen und ein Dutzend Fahrzeuge. Nach der medizinischen Erstversorgung wurden die Verletzten ins nahe gelegene Krankenhaus von Grammel transportiert.

Mein Blick wandert von Marie zu Linda und stoppt bei Marcel. Marie scheint genauso entsetzt zu sein wie ich, wenn auch aus einem anderen Grund.

Ihre Augen verdunkeln sich. In ihren Tiefen tobt ein Gewitter. Sie sieht Marcel an, dann Linda und dann mich. Sie war schon immer die mitfühlendste Person in unserer Familie, jedenfalls soweit ich mich erinnern kann.

Marcel räuspert sich.

Danach folgen einige Augenblicke absoluter Stille. Niemand von uns rührt sich. Niemand scheint auch nur zu atmen. Der Sekundenzeiger auf Marcels Uhr tickt und tickt. Ich dachte schon, wir würden bis in alle Ewigkeit in diesem Raum sitzen, umgeben von Scherben. Aber dann nimmt Linda das volle Weinglas und trinkt davon einen großen Schluck.

Was soll ich dazu sagen? Gibt es etwas, was ich überhaupt dazu sagen kann? In mir füllt sich langsam diese große Leere. Wo es vorhin so eiskalt war, wird es jetzt wohlig warm. Ich weiß, dass mir etwas fehlt. Sicherlich sind das die passenden Puzzleteile.

Ich blättere eine Seite weiter. Ein fürchterliches Bild erstreckt sich über die gesamte Seite. Es ist das blaue Auto, das ich in der Nacht gefahren habe. Es war aber nicht irgendeines, es war meines, das ich mir im Jahre 2000 gekauft hatte. Es war zwar nicht mehr das neueste Modell, aber es war mir immer treu, hatte keine Fehler und ich hatte auch keinen Schaden in den Jahren, in denen ich es gefahren bin.

Die Seiten sind eingedrückt. Das ganze Auto ist eingedrückt. Wie eine Dose, die in den Händen zusammengedrückt wurde, liegt mein Auto zwischen den beiden Bäumen.

Die Kirchturmglocke im Dorf durchbricht die endlose Stille, die sich in diesem Raum angesammelt hat. Sie schlägt einen Ton nach dem anderen, dann wechselt der dunkle erdrückende Schlag zu einem hellen freundlichen Schlag. Kirchturmglocken sind aber nie etwas Gutes. Vermutlich haben sie auch geläutet, als mein kleiner Junge beerdigt worden ist.

Traurige Gewissheit

Der kleine Benjamin Brand (8) hat den Unfall nicht überlebt. Kurz vor seinem neunten Geburtstag verstarb der kleine Junge im Krankenhaus von Grammel. Seine Mutter bangt immer noch um ihr Leben und wurde derzeit ins künstliche Koma versetzt, um weiteren Hirnschäden entgegenzuwirken.

Ob es sich bei dem Unfall um Suizid handelt, ist derzeit noch nicht gewiss, aber so viel steht fest: Es wird schwer für die einst kleine Familie.

Habt ihr suizidale Gedanken oder habt ihr diese bei einem Angehörigen/Bekannten festgestellt? Hilfe bietet die Telefonseelsorge. Anonyme Beratung erhält man rund um die Uhr unter den kostenlosen Nummern 0800 / 123 0 123 und 0800 / 123 0 222. Auch eine Beratung über das Internet ist möglich unter www.telefonseelsorge-hilfe.de.

Ich nehme all meinen Mut zusammen und blättere auch diese Seite um. Ein bekanntes Gesicht schießt mir in die Augen und sofort schließe ich das Buch. Es ist Benjamin. Mein kleiner Junge ziert die nächsten beiden Seiten des Buches.

Ich werfe meinen Kopf in meine Arme, die bereits auf dem Tisch platziert sind, und schreie. Ich schreie so laut ich kann, aber kein Wort kommt heraus. Stumm. Nichts ist zu hören bis auf die leisen Tränen, die auf dem Tisch aufprallen.

Sekunden vergehen, die sich wie Minuten anfühlen. Eine Ewigkeit, die nie endet, und eine Trauerstunde, die wahrscheinlich nie stattgefunden hat.

. . .

»Sollen wir dich allein lassen?«, fragt Linda.

Ich weiß nicht, ob ich in dieser Situation allein gelassen werden will. Ich weiß auch nicht, ob ich jemanden bei mir haben will. Ich weiß gar nichts. Ich will einfach nur, dass dieser Schmerz aufhört, der mein Herz ersticht.

»Wo«, schluchze ich, »wo ist mein kleiner Junge?«

»Er liegt auf dem Dorffriedhof bei deiner Schwiegermutter, seiner Oma«, gibt mir Marcel zur Antwort.

Hastig springe ich auf und sogleich dreht sich auch alles. Ich will dahin, ich will zu ihm. Er braucht doch seine Mutter, seine geliebte Mutter, die ihn allein gelassen hat in der Zeit, wo er sie am meisten gebraucht hat.

»Das solltest du nicht tun«, erwidert Marie.

Ohne ein weiteres Wort zu verschwenden, nehme ich meine Jacke und meine Tasche und stürme durch die Tür nach draußen.

Der Regen hat nachgelassen. Nur mehr einzelne Tropfen fallen vom Himmel und ein dichter Nebelschauer durchzieht die Straßen. Die Straßenlaternen bahnen sich den Weg dadurch. Das Vogelgezwitscher, das ich beim Ankommen wahrgenommen habe, ist verschwunden.

Der Friedhof ist nicht weit von hier entfernt. Er befindet sich dort, wo auch die Turmuhr geschlagen hat. Der dunkle Tod. Die letzte Ruhestätte für alle, die nicht mehr unter uns weilen. Auch mein Sohn. Mein kleiner, unschuldiger Sohn.

Kein Netz steht im linken oberen Eck meines Bildschirms. Dort, wo normalerweise mein Handyanbieter und bis zu sechs Balken zu finden sind, ist nichts dergleichen mehr.

Ein kalter Windzug lässt mich zusammenzucken. Eiseskälte ist auf meiner Haut zu spüren, die mit zwei dicken Jacken bedeckt ist. Jeder Stein, jeder Ast, der knackt oder fällt, ist unheimlich. Ängstlich drehe ich mich in alle Himmelsrichtungen, aber auch wenn jemand vor mir stehen würde, könnte ich ihn nicht erkennen.

Die Kirche leuchtet. Sie ist eines der wenigen Gebäude hier im Dorf, das Strom hat. Andere sind komplett finster. Viele Menschen werden auch zu dieser Zeit schlafen.

Ich öffne die schwere, große und zum Teil aus Stahl gefertigte Tür, die den Ein- und Ausgang der Kirche bildet. Der Teppichboden, mit dem der Mittelgang der St. Katharina Kirche ausgelegt ist, hat denselben Farbton wie die Tür. Die Buntglasfenster, welche die Wände verzieren, die Blumenkästen vorne am Altar, die Gebetsbücher, die gestapelt am Ende einer jeden Bankreihe bereitliegen, nehme ich erst jetzt wahr.

Ich war lange nicht mehr in der Kirche. Ich kann mich nicht mehr daran erinnern, wann ich das letzte Mal hier gewesen bin. Als Kind bin ich mit Mama jeden Sonntag in die Kirche gegangen. Vermutlich habe ich das mit Ben auch gemacht.

Eine der betenden Frauen schaut zu mir herüber. Sie hält eine lange Perlenkette zwischen ihren gekrümmten Fingern. Ihre zusammengekniffenen Augen sind voller Misstrauen. Ich ignoriere sie und setze mich in eine mit Pölstern ausgeschmückte Bank, nehme mir ein Gebetsbuch und blättere bis ganz nach hinten, wo die Gebete stehen.

Vater unser im Himmel,
geheiligt werde dein Name.
Dein Reich komme.
Dein Wille geschehe,
wie im Himmel, so auf Erden.
Unser tägliches Brot gib uns heute
und vergib uns unsere Schuld,
wie auch wir vergeben unseren Schuldigern.
Und führe uns nicht in Versuchung,
sondern erlöse uns von dem Bösen.
Denn dein ist das Reich
und die Kraft
und die Herrlichkeit
in Ewigkeit.
Amen.

»Was ist los, mein Kind?«, höre ich eine Stimme plötzlich hinter mir.

Ich schrecke auf, bevor ich über meine linke Schulter nach hinten blicke und einen Mann in dunkler Montur sehe. Es ist der Pfarrer. Sein Hals wird mit einem weißen Bändchen unter seinem Kragen verziert und das Gewand, das er trägt, berührt beinahe den Boden. Sein Gesicht gibt mir von der ersten Sekunde an Geborgenheit. Es kommt mir so bekannt vor und ich fühle mich sogleich geliebt und sicher bei ihm.

Ich rutsche mit meinem Polster weiter in die Bank hinein und er setzt sich dazu. Er sieht mich nicht an, sondern fixiert den Altar. Minuten voller Stille vergehen und beide Frauen machen das Kreuzzeichen, eine Kniebeuge und gehen direkt Richtung Ausgang, ohne mich eines weiteren Blickes zu würdigen.

»Vergib mir, Vater, denn ich habe gesündigt«, unterbreche ich die erdrückende Leere, die in mir herrscht.

»Sprich, mein Kind. Was bedrückt dich?«

Tränen überkommen mich, als hätte ich in den Jahren einen Staudamm in mir aufgebaut, in dem sich das ganze Wasser angesammelt hat und der jetzt gebrochen ist.

»Ich glaube, ich habe mein Kind auf dem Gewissen«, schluchze ich.

»Wie kommst du zu der Erkenntnis?«, fragt er mit ruhiger Stimme.

»Es ist bei dem Unfall gestorben, den ich verursacht habe, und ich lebe. Ist das denn fair?«

»Manchmal erhalten wir von Gott keine Antwort, jedenfalls nicht sofort. Apostel Paulus hat das schon früh erkannt, als er Folgendes gesagt hat: *Wie unerforschlich sind seine Gerichte und unergründlich seine Wege! Denn wer hat den Sinn des Herrn erkannt, oder wer ist sein Mitberater gewesen?* (Röm 11,33.34).«

Ich lasse das Gesagte auf mich wirken und beobachte dabei die Hl. Katharina, wie sie in der Mitte des Altares steht. In der einen Hand trägt sie das Schwert, das ihr den Kopf abgeschlagen hat und in der anderen das Rad, durch das sie hätte zu Tode kommen sollen.

ZWANZIG

00:24 UHR

Es hat mittlerweile aufgehört zu regnen. Der Kies, den ich unter meinen Füßen spüren kann, während ich durch die Gräber schlendere, sticht in meine Fußsohlen.

Mithilfe des schwachen Lichts der Taschenlampe auf meinem Handy durchleuchte ich die Gräber. Große, kleine, Einzel- und Massengräber sind durch die Bilder, die auf dem Grabstein befestigt sind, zu erkennen. Einige sind zusätzlich noch mit einem Stahlgerüst verziert, das einen Baum darstellt. Mit vielen Blättern, welche die Äste verzieren, und mit vielen Ästen, die sich in kleinere verzweigen.

Manche Menschen, die ich hier liegen sehe, erkenne ich wieder. Luis Majer, dessen Name auf seinem Grabstein im Vergleich zu den anderen sehr groß ist, sticht mir ins Auge. Sein Grab sieht gepflegt aus, nicht so wie andere auf diesem Friedhof. Im linken oberen Eck befinden sich klassische und ausdruckslose Friedhofsblumen wie Christrosen, Efeu und Alpenveilchen. Das restliche Grab wird mit Kerzen geschmückt.

Er muss gerade erst gestorben sein, denn sein Grab sieht frisch aus. Die Erde, die bei der Beerdigung draufgeschmissen wurde, bildet noch immer einen Hügel, also wurde der Sargdeckel noch nicht eingedrückt. Das hat mir früher mal meine Mutter erzählt, als ich wissen wollte, warum so viele Gräber einen Buckel haben.

Er ähnelt meinem alten Sportlehrer. Einer, den bereits mein Vater in der Grundstufe hatte und der dann auch mich gedrillt hat. Einer, dem man es angesehen hat, dass er in Pension muss, aber immer noch da ist. Vermutlich hatte er auch Benjamin in der Schule. Wer weiß? Samuel ist immer zu den Elternsprechtagen gegangen. Ich habe mich davor gedrückt.

Lange halte ich mich bei dem Grab aber nicht auf. Ich muss weiter, denn ich will jemand anderen suchen. Jemand, der ein Teil von mir ist.

Ich spüre, wie mir vor Schreck fast die Augen aus den Höhlen treten, als ich das Bild meines kleinen Jungen auf dem Grabstein erspähe. Er sieht genauso aus wie immer. Glücklich und zufrieden.

Meine Knie schmerzen, als ich mich auf den harten Kieselboden fallen lasse und meine Hände auf den Steinrand des Grabes lege. Es ist also wahr. Alles, was sie gesagt haben, stimmt. Auch wenn ich nach den Fotos und Berichten nie daran gezweifelt habe, wollte ich es mit eigenen Augen sehen, um zu verstehen.

Verstehen, was war und verstehen, was jetzt ist. Nach Hause kann ich aber nicht mehr, so viel steht fest. Es ist zu gefährlich, mich nochmal in die Nähe des Hauses zu wagen.

Vertieft in alten Erinnerungen versetze ich mich in eine Art Hypnose, die scheinbar nie endet. Spiele, die ich mit ihm gespielt habe, durchqueren meinen Kopf. All die Ausflüge, die Sam, Ben und ich gemacht haben, und Abenteuerurlaube, die wir erlebt haben.

Ein Lächeln durchbricht mein mit Tränen überströmtes Gesicht. Vermutlich hatte ich mit ihm schon abgeschlossen und wollte es aber nicht wahrhaben.

Es fühlt sich alles so unbeschwert an. Alles, was ich denke und in meinem Inneren spüre, ist Zufriedenheit. Ich wiege mich in Zuversicht, dass es Ben dort, wo er jetzt ist, besser geht. Dass er glücklich ist, dort, wo er sein kann.

»Caroline.« Eine Stimme ertönt.

Der Nebel hat sich etwas gelegt und dennoch ist niemand zu erkennen. Wer sollte mich um die Zeit suchen? Ist es Pfarrer Gabriel, der noch eine nächtliche Runde macht? Abwechselnd drehe ich mich in alle Richtungen, aber nichts ist zu erkennen. Das Licht der Lampe prallt immer wieder auf die Mauer der Nebelwand, die mich umschließt.

»Komm mit uns.« Mir ist klar, wer das ist.

Samuel.

Noch während ich mich hinstellen will, falle ich fast wieder hin. Meine Füße sind eingeschlafen und kribbeln bis hin zu meinen Zehen. Sie geben nach, aber ich kann mich noch an dem Stock, der neben mir aus der Erde ragt, festhalten.

Meine Ohren nehmen die dumpfen Schritte, die sich auf dem Kieselweg fortbewegen, wahr. Ein Schritt nach dem nächsten – ein schwerer Fuß folgt dem anderen. Es scheint so, als würden die Schritte in meine Richtung kommen. Jedenfalls hört es sich so an, als ob sie immer näher kommen würden.

Im Augenwinkel kann ich eine Silhouette wahrnehmen, die sich im Nebel hin- und herbewegt. Will er denn nicht den Nebel durchbrechen und sich endlich zeigen? Ich weiß doch, wer es ist.

Aus meiner Tasche suche ich verzweifelt das Pfefferspray, das mir Sam einmal geschenkt hat. Witzig, dass ich es vermutlich gegen ihn anwenden muss. *Kein Netz* ziert noch immer das obere Eck des Bildschirmes und trotzdem klicke ich verzweifelt auf den Notruf-Button, der im Sperrbildschirm in der unteren Mitte zu sehen ist.

Mit sicheren und schweren Schritten tritt er aus dem Nebel hervor. Es ist – wie schon befürchtet – Sam. Mein Ehemann, der mir auflauert. Weiß er, was ich weiß? Weiß er, wo ich war? Vermutlich ja. Ich stehe neben dem Grab unseres Sohnes.

Sein Lächeln sieht aus wie eine Grimasse. »Ach, es gibt einfach gewisse Dinge, die ich bereue. Aber das alles ist doch schon vergessen.«

Er lacht.

Ich nicht.

Mein Herz schlägt und seine Worte schnüren die Schlinge, die sich um meinem Hals befindet, immer weiter zu. Seine Worte erdrücken mich und nehmen mir meine Luft zum Atmen weg. Er steht nur maximal fünf Schritte von mir entfernt. Jetzt nur mehr vier.

»Inzwischen habe ich mithilfe unseres himmlischen Vaters Frieden mit der Vergangenheit geschlossen.« Er atmet einmal tief durch. Seine Schultern heben und senken sich.

»Ich habe nichts gesagt, aber ich bin von Anfang an nicht der Meinung gewesen, dass Cloe noch weiterleben darf. Sie ist einfach zur falschen Zeit am falschen Ort gewesen, das musst du doch verstehen, oder Caro?«

»Samuel, bitte …«

»Samuel? So hast du mich ja lange nicht mehr genannt. Eigentlich nur, wenn du böse auf mich gewesen bist wie damals, als du Cloe und mich in flagranti im Bett erwischt hast. Ich habe gedacht, ich würde dich das letzte Mal sehen. Dem ist aber nicht so gewesen. Du bist wiedergekommen und hast dafür gesorgt, dass mein Sohn gestorben ist. Schämst du dich denn nicht?«

»Aber ich habe nicht –«

»Sssssscht, ist schon gut«, zischt er und schaut mich an, als wäre ich ein Kind, das bei etwas Verbotenem erwischt wurde. Als wäre seine Vergebung meine Erlösung. »Lass los und komm mit uns.« Jetzt sind es nur mehr drei Schritte, die uns voneinander trennen.

Der Ausweichschritt, den ich versuche nach hinten zu setzen, gelingt mir nicht. Der Pfosten, an dem ich mich vorhin festgehalten habe, steht mir im Weg und brennt sich in meinen Rücken. Ich umklammere ihn, als würde mein Leben davon abhängen.

»Hiiiiilfeee«, versuche ich aus meinen Stimmbändern herauszupressen.

Eine der älteren Frauen muss sich doch noch hier herumtreiben oder der Pfarrer, der mir vorhin die Beichte abgenommen hat. Irgendwer?

»Komm, lass uns ein Stück gehen«, versucht er mich zu überreden, während er mir seine Hand entgegenstreckt und einen weiteren Schritt auf mich zugeht.

Wie eine Pistole halte ich das Pfefferspray in sein Gesicht und drücke so lange, bis nichts mehr rauskommt, und dann renne ich los. Keine Ahnung wohin, aber ich nehme meine wackligen Füße in die Hände und renne einfach drauflos. Ich weiß nicht, wo ich mich auf dem

Friedhof befinde, aber solange ich den Straßenlaternen folge, bin ich bestimmt richtig.

Die Schreie, die von Sam ausgehen, werden schwächer. Sie entfernen sich rasend schnell und auch die Turmuhr, die gerade 00:45 Uhr schlägt, ist fast nicht mehr hörbar.

Endlich verstehe ich, weshalb mir der Wald immer so unheimlich war. Mein Körper hat sich an etwas erinnert, das mein Verstand verdrängt hatte. In meinem Magen brodelt es wieder. Aber was genau ist der Auslöser dieser Übelkeit? Die Angst oder das Wissen? Gibt es für jemanden wie mich da überhaupt einen Unterschied?

»Ich weiß, wo du bist. Ich werde dich finden.« Sein Lachen ist so, als würde es direkt aus der Hölle kommen, aber noch weit entfernt.

Mittlerweile bin ich auf der Hauptstraße angekommen und sehe Autolichter durch den Nebel ziehen. Sie kommen direkt auf mich zu. Ich halte meine Hände in die Höhe und winke aus letzter Kraft damit, als würde es um mein Leben gehen.

»Hilfe!« Meine Kehle ist staubtrocken und das Atmen fällt mir schwer, aber ich muss auf mich aufmerksam machen.

Als das Auto durch den Nebel bricht, erhoffe ich Gutes, aber anstatt zu bremsen gibt der- oder diejenige Gas und rast mit voller Geschwindigkeit auf mich zu. Im Bauchbereich spüre ich einen leichten Druck, dann ist alles schwarz.

EINUNDZWANZIG

16:45 UHR

Eintrag Nr. 1

Liebes Tagebuch,

das Haus fühlt sich leer an, seitdem Ben nicht mehr da ist. Das Knarren auf dem Dachboden ist verschwunden und auch das Geräusch, das die Rohrleitung verursacht hat, die durch unser Schlafzimmer führt, ist weg. Manchmal fühlt es sich so an, als könnte ich mich denken hören und ab und zu ist es nur das Klicken, das die Tastatur verursacht, wenn ich dir schreibe.

Denkst du, ich gewöhne mich daran? Daran, dass Samuel nicht mehr da ist. Daran, dass ich Emma vermutlich nie mehr wiedersehen werde. Das ist aber vielleicht besser so.

Nachdem mich Emma mit dem Auto mit voller Wucht getroffen hat, fühlte es sich so an, als könnte ich bald wieder meinen kleinen Jungen sehen. Er war schon da und dann war er wieder plötzlich weg und ich wachte in einem Raum auf, der mir sehr vertraut war.

Ein Polizist stand an meinem Krankenhausbett, das ich hoffentlich zum letzten Mal gesehen habe. Die Polizei dankte mir, dass ich den Notruf getätigt habe, der trotz alledem durchgegangen ist. So konnten sie zwei weitere Straftäter festnehmen. Anders als die anderen Male, in denen ich in diesen harten, eintönigen Betten aufgewacht bin, konnte ich mich an alles erinnern. An jeden einzelnen Satz, den Samuel zu mir gesagt hat, und an jede einzelne Ader, die ich in dem Moment gespürt habe.

So hat es sich angefühlt, sobald ich nach dem Autounfall erwacht bin, oder? Wäre ich dann der Mensch geworden, der ich jetzt bin? Ich denke nicht und ich denke auch nicht, dass ich Marie und Marcel wieder getroffen hätte. Wir haben viele Gemeinsamkeiten, die ich vorher noch nie so wahrgenommen habe.

Später werde ich mich noch mit Marie treffen. Ich denke, wir haben uns viel zu erzählen. Marcel wird auch da sein und Linda vermutlich auch. So werden aus alten Bekannten neue Freunde, findest du nicht auch? Apropos neue Freunde – Sara Kurz, die Mutter der kleinen Maja hat sich heute Vormittag gemeldet. Sie scheint sehr nett zu sein und ich werde einem baldigen Treffen mit ihr zustimmen.

Die Polizei war bereits hier. Sie hat auf dem Dachboden die Mordwaffe von Cloe gefunden. Möge sie in Frieden ruhen. Es schien so, als hätte sie auf dem Dachboden gelebt und dort Rituale durchgeführt. Jedenfalls sah es sehr gespenstisch oben aus, als ich das erste Mal wieder die Glühbirne reingedreht habe.

Nicht nur ich habe mich erschrocken, auch die Beamten, die neben mir gestanden sind. Jedenfalls war ich nicht allein, so wie jetzt. Auch wenn ich mich allein fühle, weiß ich, dass dort immer ein Engel ist, der auf mich aufpasst, so viel steht fest. Vor allem schlafe ich mittlerweile wieder besser und ab und zu kann ich auch über meine Ungeschicklichkeit lachen. Tollpatschig war ich aber schon vor meinem Unfall, das konnte mir Marie bestätigen.

Sie ist ein guter Mensch, so wie Marcel. Kein Wunder, dass Ben sie so gernhatte. Sie sind Herzensmenschen – die richtigen, um eine neue Zukunft aufzubauen. Das Haus ist groß genug und auf dem Hof ist viel zu erledigen. Vielleicht überlegen sie es sich, hierherzuziehen.

Ich muss losfahren. Sie warten bestimmt schon auf mich.

In Liebe
Deine Caro.

DANKSAGUNGEN

Zuallererst möchte ich mich bei meinen Leserinnen und Lesern bedanken. Ihr habt euch Zeit für diese Geschichte genommen und sie dadurch erst wirklich zum Leben erweckt. Es gibt so viele Bücher auf der Welt und nur so wenige Stunden, in denen man sie lesen kann. Deshalb weiß ich es umso mehr zu schätzen, dass ihr euch für meines entschieden habt. Ich hoffe, es hat sich gelohnt. Ich hoffe, es war ein erfüllendes Erlebnis.

Ebenso möchte ich mich beim Buchhandel, bei den Bibliotheken, bei Bookstagrammer:innen, Blogger:innen sowie all den anderen Menschen bedanken, die es sich zur Aufgabe gemacht haben, Leser:innen und Bücher zusammenzubringen. Mit eurer Leidenschaft und Großzügigkeit seid ihr ein wahres Geschenk für uns Autor:innen. Ich hoffe, ihr wisst das.

Es ist eine allgemein bekannte Tatsache, dass auch das dritte Buch ein heikles Unterfangen sein kann. Dieses hier hätte es ohne die Unterstützung, die Anleitung und die praktische Hilfe von vielen netten Menschen überhaupt nicht gegeben.

Mein aufrichtiger Dank geht an meine ehemalige Deutschlehrerin Margit Obergasser, die mich, wie bereits schon beim ersten Buch, von Anfang an tatkräftig unterstützt hat. Danke dafür, dass Sie sich die Zeit und vor allem die Geduld genommen haben, mit mir dieses Buch zu vollenden.

Das Leben eines Autors ist einsam. Umso dankbarer bin ich, dass meines von meinen Arbeitskollegen enorm bereichert wird. Ein Dank hierfür geht an Irina Larcher, die sich als Testleserin zur Verfügung gestellt hat.

Danke an alle Freund:innen und Familienmitglieder, die mich immer wieder gepuscht haben, indem sie mir Mut zugesprochen haben. Es sollte einen Preis für die Familien von Autor:innen geben, die mit Stimmungsschwankungen und Abgabeterminen leben müssen.

Marco, ich bin dir für alles, was du getan hast, dankbar.

Sollten im Buch Ungenauigkeiten oder Begebenheiten auftauchen, die ich an irgendeiner Stelle nicht realistisch dargestellt habe, liegt dies in erster Linie daran, dass ich mir zugunsten der Geschichte schriftstellerische Freiheiten genommen habe.

Es ist ein kalter Tag im März, genauer gesagt der 25. März. Die Sonne scheint in der Kleinstadt und im Dorf wird es mit der Zeit zunehmend dunkler. An diesem Tag verschwindet alle zwei Jahre ein Mensch. Ohne Abschiedsbrief. Spurlos. Als angehende Journalistin informiert sich Layla über die Vorfälle, die sich in ihrem Heimatdorf abspielen. Dabei stößt sie auf angsteinflößende Fakten. Es gibt so vieles, das unmöglich scheint. So vieles, das dagegen spricht. Wem kann sie vertrauen und wer ist die Gestalt, die sie immer wieder sehen kann? Ist sie in Gefahr? Ein Wettlauf gegen die Zeit beginnt.

ISBN: 978-3754312933

Schon früh lernte Siegfried die Welt kennen. Dass die damalige Zeit keine leichte und die Welt, in der er lebte, nicht immer gerecht war, machte aus dem kleinen Jungen schon in frühen Jahren einen kleinen Erwachsenen. Er arbeitete viel und wurde von Familie zu Familie geschoben.
Heute steht er vor uns und kann darüber reden.
Was war und wie es jetzt ist, wird in diesem Buch beschrieben.
Seine Geschichte.

ISBN: 978-3756278992